Trois jours à Oran

DU MÊME AUTEUR

La vraie Parisienne, J'ai lu, 2015

Nation Pigalle, roman, Stock, 2011 ; J'ai lu, 2014

Le Prisonnier, roman, Stock, 2009 ; J'ai lu, 2011

Pour les siècles des siècles, nouvelles, Stock, 2008 ; J'ai lu, 2009

Marilyn Monroe, Folio Biographies, 2007

Manolete : Le calife foudroyé, Ramsay, 2005 ; Ramsay poche, 2007; Au Diable Vauvert, 2010 (Prix de la Biographie de la ville d'Hossegor 2006)

Seule au rendez-vous, roman, Robert Laffont, 2005 (Prix du Récit biographique 2005)

Un coup de corne fut mon premier baiser, roman, Ramsay, 1998

ANNE PLANTAGENET

Trois jours à Oran

Suivi de Le désir et la peur

*L'histoire n'est amère qu'à ceux
qui l'attendent sucrée.*

Chris MARKER, *Sans soleil*

Il n'est pas là.

Ce n'est pas son genre d'être en avance, c'est un homme qui aime traîner, rester immobile devant une vitrine parfaitement inintéressante sans raison particulière ni désir d'acheter, un contemplatif, surtout quand il est seul. D'une manière générale, ce n'est pas quelqu'un qui s'affole ni laisse transparaître ses sentiments. En apparence il est toujours d'humeur égale, il faut bien l'observer et le connaître pour détecter chez lui un signe susceptible de trahir une contrariété, mon père. Bien entendu il n'a pas de portable, le téléphone ce n'est pas du tout un objet pour lui, à la maison il répond en dernière extrémité et généralement en hurlant dans l'appareil pour couper court à toute tentative de conversation, JE TE PASSE TA MÈRE, et précisément j'hésite pendant quelques minutes à appeler celle-ci, qui risque de s'inquiéter quand je lui demanderai à quelle heure il a pris la route, elle qui n'a pas du tout l'habitude d'être séparée de son mari et a écopé, contrairement à lui, d'une nature très anxieuse.

Notre avion décolle dans moins de deux heures.

J'arpente pour la cinquième fois le terminal sud d'Orly, je suis arrivée aux aurores après une nuit blanche. Depuis combien de temps je ne dors plus ? Nous sommes convenus de nous retrouver directement à l'aéroport. C'est moi qui ai les billets ainsi que les passeports avec les visas, je vérifie en moyenne toutes les dix minutes dans mon sac à main, chaque fois que je sors fumer. Je n'aurais pas dû reprendre après tant d'années, c'est une faiblesse, mais on n'est pas toujours héroïque, je le suis de moins en moins, d'ailleurs quand je dors seule je laisse la lumière du couloir allumée. Je ne sais pas si j'oserai griller une cigarette devant mon père, qui a officiellement arrêté il y a longtemps même si mon frère reste convaincu qu'il continue en douce, j'étais petite encore, lui c'étaient des brunes, des Gitanes, ça lui allait plutôt bien, souvent il m'envoyait lui acheter un paquet. Moi, ce sont des blondes. J'ai une cartouche dans ma valise.

Où peut-il être ? A-t-il eu un problème, sait-il l'heure qu'il est ? Le fait-il exprès ? Il a dû partir tôt, mes parents habitent un lotissement dortoir à dix kilomètres de Troyes, ville que j'ai rêvé de fuir dès mon plus jeune âge et où ils ont effectué l'un et l'autre toute leur carrière d'enseignants dans des lycées professionnels. Mon père vient avec sa voiture qu'il a prévu de laisser au parking souterrain, il n'a sans doute pas beaucoup plus dormi que moi, à cause du voyage. De la peur.

L'enregistrement a commencé.

Devant le comptoir d'Air Algérie, des dizaines de personnes se pressent, elles sont regroupées sans ordre ni logique, beaucoup de vieux messieurs en djellaba, de femmes âgées portant le voile, les mains couvertes de henné, avec d'innombrables bagages drôlement ficelés. Ils parlent tous en arabe, et il est impossible de comprendre s'ils forment à leur façon une file d'attente, ou s'ils sont là parce que le nom de la ville d'Oran clignote en rouge au-dessus du comptoir, dans les deux langues, français et arabe, et que cela constitue pour eux, pour nous tous, un point de reconnaissance parmi les boutiques occidentales du terminal, notre destination finale commune.

Des yeux je cherche parmi cette foule composée principalement de hadjis s'il se trouve comme nous d'autres Européens, à aucun moment je n'ai imaginé que nous pourrions être les seuls de l'avion, c'était assez prévisible mais jusqu'à cet instant j'ai eu du mal, encore, à y croire. Pourtant c'est vrai : nous partons aujourd'hui pour l'Algérie, je ramène mon père sur la terre où il est né et qu'il a quittée il y a un peu plus de quarante-quatre ans, terre désormais où il est étranger.

Quand j'ai eu l'idée de ce voyage, j'ai bien sûr proposé à ma mère d'y participer, à mon frère aussi, il aurait été difficile de ne pas les inclure dans ce projet, même s'il s'agissait d'une tentative utopique, voire malhonnête, de diluer mon propre désir, car au fond il n'y avait aucun danger, je savais qu'ils refuseraient tous deux. L'Algérie effraie ma mère, le pittoresque des anecdotes maintes fois rabâchées lors des repas dans sa belle-famille n'atténue pas l'autre vision qu'elle a, elle, du pays d'origine de son mari, empreinte de violence et de cruauté. Ma mère n'a pas du tout envie d'aller voir là-bas ce qu'il en est vraiment. Et mon frère n'a jamais éprouvé le besoin qui me tenaille de récupérer ma part d'héritage. Ce voyage, je dois l'accomplir juste avec mon père.

Mon père qui n'est toujours pas arrivé.

Je me demande comment il va réagir quand il constatera que nous sommes a priori les seuls Occidentaux du vol.

Ma grand-mère, aucun doute, aurait détesté.

Antoinette Montoya n'aimait pas les « Arabes ». Elle ne l'exprimait pas aussi crûment, quoique, elle gardait plutôt, dès qu'il était question d'eux à la radio ou à la télévision, une sorte de silence hautain, ponctué de petits soupirs, d'interjections plaintives, ou feignait tout bonnement de n'avoir pas entendu. Néanmoins il était difficile de savoir ce qu'elle pensait sincèrement, ce qui tenait de la posture adoptée depuis le jour où elle avait dû partir pour toujours d'Algérie, si elle les avait aimés auparavant, pendant les cinquante-deux années où elle avait vécu auprès d'eux, ces Arabes qui semblaient payer cher leur Indépendance et que les vieux dans ma famille jetaient tous injustement dans le même sac, harkis, islamistes, militaires, civils massacrés par le GIA. La question de toute façon n'était certainement pas du registre de l'amour, mais ce qui était sûr, depuis qu'Antoinette Montoya s'était repliée à Dijon où elle ne fréquentait personne, c'est qu'elle ne les aimait plus.

À Misserghin, le village où elle est née, près d'Oran, elle était allée à l'école mixte, c'est-à-dire non pas avec des garçons mais avec de petites musulmanes. À la ferme où elle a grandi, les ouvriers étaient tous arabes, et il y avait aussi un couple d'indigènes qui habitaient avec eux en permanence et l'avaient un peu élevée. Ses parents parlaient l'arabe couramment, ma grand-mère quant à elle le comprenait plutôt bien. À la campagne, les communautés étaient moins séparées. En Algérie, Antoinette Montoya avait vécu au milieu des Arabes et, là-bas, visiblement, ça ne lui avait pas posé de problème. Mais depuis l'Indépendance, c'était fini.

En revanche quand il parlait d'eux, mon grand-père, pied-noir d'adoption mais authentique rapatrié, disait *les bougnoules*, *les ratons* ou *les melons*, et un jour, à l'adolescence, je ne l'ai plus supporté. Pour la première fois, je me suis dressée face à lui, face à eux deux dans la cuisine de leur maison, à Dijon. Je portais un badge jaune « Touche pas à mon pote » accroché à mon blouson en jean, et j'ai dit que je ne voulais plus entendre des horreurs pareilles dans la bouche de mes grands-parents, de mes grands-parents que j'aimais tant et qui étaient si bons, si doux par ailleurs, mon grand-père Paul et ses pieds de haricots géants, ses citrouilles, ses lapins, ma grand-mère Antoinette aux doigts d'olivier, qui préparait le couscous comme personne et les montecaos à la cannelle pour la fin d'année, je n'en pouvais plus de me taire et de baisser la tête dans mon assiette, comme le faisaient systématiquement mes parents, à Noël, à Pâques, au 1er de l'an, de consentir par mon silence à tous ces propos abjects auxquels je n'adhérerais jamais. J'ai sorti de grands mots, respect, tolérance, droits de l'homme, je me suis même mise à pleurer.

Alors ma grand-mère, qui n'employait pas ce vocabulaire trop ordurier mais au fond ne le condamnait pas, ma grand-mère tout en euphémismes et qui, pour nous souhaiter bonne chance, préférait dire *les cinq lettres* ou *le mot de Cambronne* en touchant du bois, plutôt qu'un *merde* retentissant, a attendu que je termine ma crise puis, sans élever la voix, elle a répliqué *tu ne peux pas comprendre, tu n'es pas de là-bas, tu ne sais pas ce qu'ils nous ont fait, tais-toi.*

C'est plus fort que moi, la panique m'envahit, j'ai sillonné le terminal dans tous les sens, boutiques et toilettes pour hommes comprises, mon père n'est nulle part. Soit il lui est arrivé quelque chose sur la route, soit il a reculé au dernier moment avant d'entrer dans l'aéroport, comme le font les grands phobiques de l'avion qui gagnent péniblement un mètre à chaque tentative, se promettant qu'un jour ils réussiront à franchir le contrôle de sécurité.

Et s'il ne venait pas ? S'il trouvait mille prétextes pour rater le départ ? C'est un cadeau empoisonné que je lui fais, il était bien avec ses souvenirs, ne demandait rien à personne, en le ramenant de l'autre côté de la Méditerranée je vais détruire toute une vie employée à ne pas raviver la douleur. Je vais réactiver le sentiment d'exil.

Peut-être n'aurais-je pas dû organiser ce voyage, avec ce qu'il m'a coûté en démarches, allers-retours, pieux mensonges et attentes interminables à l'ambassade d'Algérie, peut-être est-ce une énorme erreur, une folie, puisqu'il ne reste forcément rien tant d'années après, à quoi bon remuer tout cela, faire le constat de quelle dépossession ?

J'ai forcé mon père, qui n'a jamais exprimé le désir de retourner là-bas mais n'a pas eu le courage de me dire non et de me laisser me débrouiller avec mes obsessions, puisqu'il était entendu que j'irais, avec ou sans lui. Je m'étais toujours promis que j'irais, petite fille déjà, mais maintenant que ma grand-mère est morte, le moment est venu.

J'ai forcé mon père, persuadée qu'il n'avait pas les mots pour extérioriser ce vœu intime et qu'il me saurait gré de passer à l'acte à sa place, alors que c'est mon désir, pas le sien, il ne faut pas se raconter d'histoires, mon désir, éventuellement celui inconscient de ma grand-mère et des autres vieux à l'accent, souterrain et inavouable, insufflé en moi et nourri au fil du temps à force de répétitions monomaniaques, même si pour rien au monde ils ne l'auraient admis.

Car eux, les vieux de ma famille, ils n'y seraient pas allés.

Jamais de la vie, aurait rétorqué Antoinette Montoya.

L'Algérie, c'était le sujet des conversations à table, des disputes, de silences oppressants, parfois, après des éclats de voix. Mais ça n'avait plus de nom. Ils disaient *là-bas*, *chez nous*. *À la ferme*. L'Algérie, ça n'existait plus.

Je vais contraindre mon père à prononcer l'imprononçable.

Je vais l'obliger à reprendre l'accent.

Du monde d'avant tout a disparu. Il y a un peu plus de deux ans, ma grand-mère est tombée dans la cour de sa maison à Dijon, et sa chute a entraîné la mienne. Pour un peu je repartirais chez moi, pourquoi ce ne serait pas moi qui aurais un empêchement de dernière minute, un incident de transport ? Mais c'est vide chez moi, c'est minuscule, c'est silencieux quand le petit n'est pas là, cette nuit je me suis dit que ça ne pouvait plus durer, quelque chose devait changer, il y a forcément des réponses quelque part, j'attends beaucoup de ce voyage.

Rien n'est perdu encore, l'enregistrement n'est pas prêt de fermer et les passagers à destination d'Oran n'avancent pas vite, c'est le même fatras de bagages, la même indiscipline dans les rangs, qui n'en sont pas vraiment au sens strict du terme et au sein desquels je ne peux déjà plus me raccrocher à mes repères habituels, à mon éducation de Française modeste mais bien élevée, dans une file d'attente on ne cherche pas à doubler les gens devant soi et on attend son tour calmement.

Le voyage débute maintenant, l'immersion dans l'ailleurs, je m'en veux de me trouver aussi décontenancée par le fait que l'Algérie est aussi le pays des Algériens, pas seulement celui où mon père est né, mon père que j'aperçois soudain dissimulé derrière un pilier en train de boire un café.

— Tu étais là ? Je te cherchais partout, je commençais à paniquer, ça fait un moment que je fais les cent pas dans l'aéroport, je ne t'avais pas vu et comme tu n'as pas de téléphone...

Je libère, déverse sur mon père le stress qui me ronge depuis plusieurs jours, monté en puissance à l'approche du départ et à son paroxysme au cours des minutes précédentes. Je me rends compte aussitôt de ma maladresse, de mon inversion des rôles, c'est moi qui devrais me montrer rassurante et déterminée puisque mon père est censé appréhender bien plus que moi ce moment, ce pour quoi nous nous retrouvons tous les deux au petit matin, ce 15 septembre 2005, le visage fatigué, au terminal sud d'Orly, avec des billets d'avion pour Oran, c'est-à-dire ce voyage dont je porte l'entière responsabilité.

— Ça va ? Tu as fait bonne route ?

— Ça va, dit mon père. J'avais besoin d'un café.

Je ne l'ai jamais vu boire autre chose, j'ai grandi dans l'arôme du café, du noir du matin au déca du soir. Ma grand-mère aussi en consommait beaucoup, à toute heure de la journée. Elle possédait une cafetière en inox, qui se dévissait, et qu'il fallait poser à même le brûleur de la gazinière jusqu'à ce que ça bouille et que ça siffle. Il y a longtemps, Antoinette Montoya s'employait même à moudre les grains. L'odeur qui se dégageait du moulin en bois dans la maison de Dijon, avec sa manivelle manuelle, a marqué mon enfance, j'aimais la sensualité des grains dans lesquels je plongeais la main avec gourmandise, petite. Puis ma grand-mère a arrêté de moudre le café, comme elle a cessé de préparer elle-même sa pâte à tarte, moins par paresse que pour céder sans doute à une certaine modernité dont elle ne voulait pas s'exclure, pour casser l'image de la vieille pied-noire figée dans le temps, avec ses bassines à couscous et ses casseroles sur lesquelles il n'était plus ni l'heure ni de bon ton de scander en rythme ALGÉRIE FRANÇAISE, mais refusant tout de même catégoriquement d'utiliser une Cocotte-Minute parce qu'une rumeur prétendait que ça fichait le cancer. Néanmoins elle ne s'est jamais séparée de sa cafetière en inox, même lorsque mes parents lui ont offert un autre modèle, avec une capacité de dix tasses, un filtre permanent en Nylon et un système antigouttes. Quand on a vidé la maison de Dijon, on l'a découverte dans son emballage d'origine, jamais utilisée.

Le moment du café se prolongeait indéfiniment à la fin des déjeuners de famille. C'était comme un deuxième repas à part entière, moins guindé, plus informel, avec pâtisseries et cigarettes, relâchement général. Les femmes peu à peu se levaient pour laver la vaisselle et accessoirement refaire du café pour leurs maris qui demeuraient assis, cravate dénouée, et continuaient de parler, et de fumer, et d'avaler une dernière tasse, avec un doigt de digestif, de goutte maison. Même si les femmes me fascinaient, parce qu'elles avaient toutes des éventails anciens, des bagues aux doigts, cette allure un peu tassée, ces hanches généreuses, cette teinte auburn dans les cheveux qui les faisaient ressembler malgré elles à de vieilles Mauresques, je préférais rester du côté des hommes, à table, parce que j'ai toujours aimé le spectacle chaotique des fins de repas, des cendriers pleins, des nappes tachées, avec l'odeur du tabac et de la gnole mêlée, et tremper un morceau de sucre dans un fond de café.

Le thé, je l'ai découvert ces dernières années, avec l'homme qui n'est pas mon mari. Au début, le goût m'a paru amer, même avec du sucre et un nuage de lait.

J'ai insisté, parce que je voulais plaire à cet homme qui décortiquait les crevettes avec ses couverts et tranchait le pain au couteau quand dans ma famille on a toujours pris nos doigts. Doucement, je m'affranchissais des vieux à l'accent. J'ai fini par aimer le thé, mais à certaines heures du jour je préfère encore le café. À vrai dire, je ne sais plus très bien, parfois.

Mon père est en tenue légère, confortable, il porte un petit sac à dos pour tout bagage, s'est toujours contenté du strict minimum, attrapant dans l'armoire la première chemise repassée en haut de la pile, dans la penderie le pantalon le plus accessible. Il a une banane accrochée autour de la taille, je me demande ce qu'elle peut bien contenir puisque c'est moi qui ai tous les documents nécessaires pour le voyage. Son gros appareil photo argentique pend autour de son cou.

Pour ma part j'ai choisi des tons neutres, aucune robe courte ni décolletée, des manches longues, afin que nous passions le plus inaperçus possible, quasi invisibles dans les rues d'Oran. Tout, pourvu que nous n'ayons pas l'air de touristes occidentaux en vacances, ainsi que le paraît sans ambiguïté mon père et ainsi qu'il semble pleinement le revendiquer, même si je remarque une crispation dans sa mâchoire.

Il a aussi emporté l'appareil numérique, plus discret, qu'il a reçu de ses collègues l'année dernière comme cadeau de départ à la retraite, mais *les photos sont quand même plus belles sur la pellicule*, affirme-t-il, et il aime alterner les deux.

J'acquiesce, me force à sourire. Je ne m'étais pas rendu compte qu'il avait autant de cheveux blancs, pourtant on les distingue nettement chez les gens très bruns, très typés, comme lui. Comme nous.

Il y a des années, un mois de septembre alors qu'il était étudiant et faisait les vendanges près de Troyes, mon frère s'est fait traiter de « sale Arabe » au milieu des ceps de vigne. Mon frère ressemble beaucoup à mon père, mais il a les cheveux encore plus noirs et la peau plus mate que lui.

— On y va, papa ?

Mon père a eu soixante ans l'année passée, c'est même à cette occasion que j'ai suggéré ce voyage en Algérie, c'est ce prétexte que j'ai saisi, il fallait marquer le coup, alors que mon père, comme d'habitude, s'était contenté d'un simple repas d'anniversaire, juste entre nous.

Je m'occupe de tout, tu n'as pas à t'en faire, ai-je assuré après lui avoir arraché du bout des lèvres son consentement. *On ne partira pas à l'aventure.*

Mon grand-père venait à son tour de mourir, un an pile après ma grand-mère.

Le temps de tout organiser, douze mois se sont écoulés. À force d'insistance j'ai fini par rencontrer l'ambassadeur en personne qui m'a mise en relation avec un de ses amis oranais, homme d'affaires, et nous a offert les visas. Un matin, dans un palace de l'avenue Montaigne, j'ai pris un café avec l'ami de l'ambassadeur de passage à Paris, et celui-ci m'a informée qu'il mettait à notre disposition sur place une voiture avec chauffeur, nous faisait réserver deux chambres dans un bon hôtel du centre-ville et se proposait de prévenir plusieurs de ses contacts qui se feraient, d'après lui, une joie de nous accueillir, car lui ne serait pas là au moment de notre venue. Je n'ai pas bien compris pourquoi, mais je me suis sentie soulagée de l'apprendre. Mon père semble toujours très à l'aise et jovial à l'extérieur, mais je sais que c'est une façade et combien ça lui coûte de rencontrer des gens, l'effort qu'il doit produire pour sortir de son abri, lui qui préfère par-dessus tout passer une soirée retranché à la maison.

Je n'en aurais pas espéré autant dans mes prévisions les plus optimistes. Chaque fois, j'avais déroulé la même histoire, mon arrière-grand-père, ma grand-mère, mon père nés dans le village de Misserghin, le désir de retrouver la ferme familiale, le récit que j'écrirais ensuite sur ce sujet, mes intentions réconciliatrices. Je l'avais affirmé avec conviction, j'avais un projet de livre, d'ailleurs un éditeur s'était montré intéressé, j'étais sur le point de signer un contrat, et j'ignore si c'est grâce à ce bobard que j'ai obtenu toutes ces choses auxquelles je n'avais même pas prétendu ou si, bien que personne, pas plus l'ambassadeur que l'homme d'affaires oranais, ne m'ait crue, on a préféré faciliter notre séjour au maximum pour contrôler nos faits et gestes et éviter le moindre problème.

Peu importe. Les conditions réunies étaient idéales. Je suis allée au bureau d'Air Algérie et j'ai acheté les billets. Paris-Oran, aller-retour. Nous partons trois jours.

Si tout va bien, tout à l'heure je marcherai au côté de mon père sur les trottoirs bicolores du front de mer, sous les arcades de la rue d'Arzew (aujourd'hui Larbi-Ben-Medhi), je verrai les lions sculptés de l'hôtel de ville et les principales artères du centre où mes grands-parents aimaient se promener le soir, pour prendre le frais et *faire boulevard* comme les autres Européens, en famille, dans leurs meilleurs habits. J'en ai tellement rêvé, même si devant ma grand-mère je n'aurais jamais eu l'audace de l'exprimer, de dire *j'aimerais bien aller en Algérie*, comme si cette envie n'était pas légitime, comme si je n'avais aucun droit à revendiquer une telle chose, ce n'était pas mon histoire, je n'avais rien à voir avec tout cela, j'aurais d'une certaine façon trahi les miens.

Pourtant ça me regarde, je n'ai pas de doute là-dessus, même si toute ma vie s'est physiquement déroulée ailleurs jusqu'à aujourd'hui et que le pays de mes ancêtres a été aspiré de la carte du monde comme une île engloutie par l'océan.

Même si, moi, je n'ai pas d'accent. Si je suis de la deuxième génération, celle qui n'est pas désignée.

Les vieux, qui parlaient fort, s'interpellaient, avec les éventails, l'anisette, ce ton râpeux et arrogant, on les a englobés dans des expressions aussi impropres qu'énervantes : les *rapatriés*, alors qu'ils ne venaient pas d'une patrie étrangère et ont débarqué, au contraire, sur une terre qu'ils ne connaissaient pas, ou peu, et mal ; ou les *pieds-noirs*, terme qui ne convient pas davantage parce qu'il ne s'applique pas seulement aux Français d'Algérie et oublie leurs diverses souches et communautés, leur immense variété, le gouffre qui pouvait séparer un coiffeur juif berbère de Constantine et un fermier de Tlemcen arrivé d'Andalousie, sans parler du mépris à peine voilé qu'il y a dans ces deux mots, PIEDS-NOIRS, dont les historiens peinent à déterminer l'origine, mépris naturellement transformé en haine au moment de l'exode en 1962, *ils avaient la belle vie là-bas, il ne faut pas qu'ils se plaignent maintenant.*

On a dit aussi ils sont *rentrés* en France, et ça n'allait pas non plus puisqu'on ne peut pas revenir d'où on n'est pas parti, et que pour eux l'Algérie, comme on le leur avait assuré depuis leur naissance, comme on l'avait assuré à leurs parents et comme ils n'en ont pas douté en ensevelissant ceux-ci dans la terre rouge et sèche qu'ils aimaient tant, sous les pins et les cyprès des blancs cimetières européens, c'était la France.

Et moi, quand ma vie est devenue un tel chaos que j'ai décidé de me rendre dans le pays où est né mon père, quand j'ai su que je pouvais le faire désormais car mes grands-parents et les autres vieux à l'accent de ma famille étaient presque tous morts et enterrés de ce côté-ci de la Méditerranée, sans jamais avoir revu l'autre, j'ai dit *je retourne* à Oran, ce qui formellement n'est pas plus correct puisque je n'en suis pas partie, ou alors il y a longtemps, et que la tristesse que je porte en moi n'est pas la mienne.

Quand ma grand-mère est morte, j'ai quitté mon mari.

C'était un garçon aimant, qui m'avait apporté sécurité et confort, nous avions eu un fils et acheté un appartement dans le bas du IXe arrondissement de Paris, ma mère était rassurée, elle m'avait toujours trouvée instable. Nous allions l'hiver à la montagne et l'été à la mer, disposions d'une armée de baby-sitters pour nous permettre de sortir le soir, c'était quelqu'un de romantique, du genre à m'apporter mon petit déjeuner au lit, à m'attendre au bout d'un quai de gare avec un bouquet de fleurs. Il s'occupait de moi, tout le temps. Des enfants, il était prêt à m'en faire trois ou quatre. J'ai saccagé tout cela.

À présent j'habite un deux-pièces qui donne sur une cour exiguë au-dessus d'un restaurant chinois, à Pigalle. Il n'y a qu'une chambre, et c'est celle de mon fils une semaine sur deux. Je vis dans la pièce d'à côté, entre un canapé-lit et mon bureau. C'est là que j'écris, dors, fume, pleure ou fais l'amour avec l'homme qui n'est pas mon mari et s'appelle P., les semaines où je suis seule. Lorsque mon fils est là, P. ne vient pas, l'appartement est plein de bruits et de jouets, je ris le plus possible mais le petit perçoit parfaitement que c'est forcé, il ne peut pas comprendre ce qu'on fait tous les deux dans cet immeuble sinistre qui sent la friture, pourquoi je fais sem-blant d'être joyeuse et pourquoi son père, dans le grand appartement où je ne suis plus, est si triste.

Lorsque mon fils est là, j'ai envie d'être, et j'en ai honte, avec P. Lorsqu'il n'est pas là, je laisse les Playmobil et les voitures sur la moquette, une peluche tombée du lit, je ne touche à rien, si tout se passe bien je vais au restaurant et fais l'amour avec P., mais souvent ça ne se passe pas bien et j'attends, seule, en regardant les toits de Paris. P. m'a prévenue, il n'a rien à donner, quelques heures ici et là, il ne veut ni vivre avec moi ni avoir d'enfant, il voit d'autres femmes.

La souffrance certaines fois est telle que j'ai
envie de me défigurer. Je ne sais pas pourquoi, je n'ai jamais eu envie de me faire
mal avant. Je compte les jours jusqu'à ce
que mon fils revienne.

Pour mes parents, ça a été un choc
quand je me suis séparée de mon mari.
C'était le gendre idéal. Ma mère et lui
étaient proches, ils se tutoyaient, échan-
geaient des recettes de cuisine. Mon père
était plus distant, comme d'habitude il était
difficile de savoir ce qu'il pensait vraiment,
quelle opinion il avait de l'homme que sa
fille avait choisi pour époux, si doux, si
bien élevé, si blond. J'avais l'impression
qu'il le prenait de haut, l'air de rien. Mais
quand je l'ai quitté, apparemment c'est lui,
m'a dit ma mère, qui a pleuré.

Mon père, c'est le contraire du pied-noir,
des pieds-noirs tels qu'ils se sont présentés
aux yeux des Français métropolitains et
du reste du monde à partir de 1962, tels
qu'ils ont décidé d'apparaître au théâtre
ou au cinéma, grotesques, grossiers et un
peu plouks, avec un sens de l'honneur et
des valeurs réactionnaires, en en rajou-
tant tant qu'ils pouvaient dans le ridicule,

l'exagération, parce qu'ils ont vite compris que leur douleur n'intéressait personne et qu'ils passeraient toujours pour d'épouvantables négriers tant qu'ils ne se moqueraient pas d'eux-mêmes, n'offriraient pas une image différente, celle d'une communauté pleine de verve, d'autodérision, fière et revendicative. Parce qu'ils ont vite compris qu'il valait mieux faire rire avec leur chagrin. D'où le pataouète et tout un folklore immédiatement identifiable, que je ne parviens pas à associer à ma famille sans ressentir une sorte de rabaissement.

Malgré cela, je devine que, pour un certain nombre de rapatriés, cette parodie d'eux-mêmes, qui m'a toujours remplie d'embarras et de colère, a sans doute fait fonction de catharsis, et représentait aussi une façon de ne pas tomber dans l'oubli. Le besoin de se faire remarquer.

Néanmoins je n'ai jamais réussi à faire le lien entre ces tragi-comédies qu'on regardait le soir à la télévision avec mes parents quand j'étais petite, dont je ne saisissais pas forcément ni l'intrigue ni l'enjeu mais retenais la couleur, le ton évidemment, et les miens. Enfant, j'étais plutôt fière de mes origines pied-noires, elles me donnaient une originalité, un côté exotique que n'avaient pas mes camarades de classe champenois, j'aimais claironner *mon père est né en Algérie dans une ferme près d'Oran*, ça sonnait bien, c'était mystérieux ces racines africaines, d'autant que je n'étais pas arabe. Et puis un jour, j'ai entendu quelqu'un, je ne me rappelle plus qui, la mère d'une copine peut-être, s'écrier *Les pieds-noirs, je ne peux pas les supporter, tous des grandes gueules, racistes et larmoyants !* J'ai pleuré de honte pendant des nuits sous mon oreiller.

On a effectué l'enregistrement, passé le contrôle de sécurité, pour accéder à une salle d'embarquement assez petite, toute vitrée, où règne à peu près la même anarchie que de l'autre côté, avec presque autant de paquets et de sacs Tati qui ressemblent à tout sauf aux bagages à main habituellement autorisés en cabine. Il fait un temps clair et doux ce matin à Paris, on peut observer sur la piste le gros avion qui sera le nôtre, avec le logo de la compagnie aux couleurs rouges, les valises jetées en soute. Notre vol pour l'instant est prévu à l'heure, et cela contredit les médisances spontanées que j'ai recueillies ces derniers jours des quelques personnes à qui j'ai annoncé mon voyage, *bon courage, tu peux t'armer de patience, tu verras « ils » ont toujours des heures de retard*, et que j'ai préféré ne pas rapporter à mon père.

Depuis que je l'ai retrouvé, il me suit et reproduit exactement mes gestes, comme s'il avait perdu toute autonomie, fragile, avec ces derniers temps ce léger tremblement dans les mains. Cela ne date pas d'aujourd'hui, rien à voir avec l'Algérie, ce séjour imposé et l'impossibilité à présent de reculer, mais je suis frappée tout à coup, comme si je le découvrais, de constater combien mon père vieillit, et que plus il vieillit, plus il semble vouloir se cacher.

En réalité, ça fait longtemps qu'il se cache, c'est lui qui a amorcé le processus d'effacement, quand son année scolaire s'est trouvée brutalement interrompue au mois de janvier 1961, qu'il a débarqué hébété dans la cour du lycée Carnot à Dijon, et éprouvé pour la première fois du haut de ses seize ans et demi le vrai froid et la neige, l'absence de lumière, le regard des autres surtout, noir de jugement,

d'insultes marmonnées, *sale colon esclava-*
giste retourne d'où tu viens.

Alors il a rentré les épaules, rasé les murs, il s'est fait le plus discret possible et a attendu que ça passe. Taiseux, solitaire. Et, en apparence, c'est passé.

À présent il y a l'angoisse évidente de la déception mais aussi une question qui nous préoccupe tous deux sans que nous osions nous l'avouer, celle de savoir comment on va nous accueillir là-bas, car les amis de l'ambassadeur, je ne suis pas dupe, ne sont pas exactement représentatifs de la majorité des Algériens dans leur rapport aujourd'hui aux Français, particulièrement aux pieds-noirs.

Comme il n'existe pas de tourisme en Algérie et que le terrorisme qui a muré le pays pendant la décennie noire a pris fin seulement il y a cinq ans, les rares étrangers à se balader depuis dans les rues d'Oran avec un appareil photo ne sont pas là par hasard. Ils viennent forcément mus par quelque chose, d'ailleurs ils ne viennent pas, ils *reviennent*, ce sont des pieds-noirs, et ça se voit tout de suite.

Ils se promènent en groupes pour la plupart, des gens âgés, aux cheveux blancs et à l'accent identifiable entre tous, ils marchent lentement en esquissant de grands moulinets, ils s'arrêtent, s'apostrophent, avec une outrance dans le moindre geste. Leurs corps crient à chaque pas. Ils marchent agglutinés les uns aux autres, soudés par la peur, probablement, de leur propre émotion. Ils appartiennent à des associations qui ont effectué toutes les démarches pour rendre possible, maintenant que le pays s'est un peu rouvert au monde, ce voyage « de retour » et entretiennent le chagrin, participent à des commémorations chaque année devant la Vierge de Santa Cruz à Nîmes, se rendent au pèlerinage de Notre-Dame d'Afrique à Carnoux-en-Provence, certains apparaissent de temps à autre dans de mauvais documentaires à la télévision où ils ânonnent les mêmes discours plaintifs, de Gaulle les a trahis et le FLN a fait bien pire que l'OAS, et c'est épouvantable, ça me rend furieuse chaque fois, quoi qu'il arrive ils ont toujours l'air de vieux cons la larme à l'œil, la rancœur à la bouche, de ceux qu'on repère dans les meetings du Front national.

Leur histoire n'ébranle plus personne. Leur identité est devenue caricature. Je ne me reconnais pas en eux.

Mes grands-parents, mon père encore moins, n'ont jamais pris part à de quelconques rassemblements, ils ne fréquentaient pas l'amicale des anciens d'Oranie ou autre club du même acabit, n'étaient pas abonnés à des revues pied-noires. Ils n'ont pas cherché à revoir, à retrouver des gens qu'ils avaient connus là-bas. Ce n'est pas qu'ils avaient tourné la page ou renié leur passé. Ils savaient très bien d'où ils venaient, ils l'assumaient avec plus ou moins de discrétion mais avaient aussi parfaitement conscience que l'histoire était terminée pour eux dans cette partie du monde, ils ne se faisaient aucune illusion. Ils n'avaient pas de désir de revanche. Ils n'y retourneraient pas.

Pour voir ce qu'ils ont fait de ce pays ? Jamais de la vie.

Ils ne réclamaient rien, à personne. Chaque année au 15 août, on descendait dans le Sud, dans la région de Montpellier, pour une paella géante, *le riz* comme ils disaient, on se retrouvait tous, les frères, les sœurs, les neveux, les nièces, les cousins, les petits-enfants. Et c'était tout. L'Algérie, ça ne sortait pas de la famille.

Des groupes, donc. Il est moins habituel de voir dans les rues d'Oran un sexagénaire poivre et sel avec sa fille d'une trentaine d'années. Seuls, sans signe distinctif. S'efforçant de rester incognito.

Pourtant, je suis certaine que nous n'aurons pas fait cent mètres au centre-ville qu'on saura tout de suite qui nous sommes. Là-bas, on nous identifiera immédiatement.

On s'assoit à côté d'un couple de vieux en djellaba, l'homme grignote des graines de tournesol dont il crache sans vergogne les cosses par terre, la femme tient entre ses mains un long chapelet qu'elle égrène en murmurant. Ils ne nous prêtent pas la moindre attention, ne nous accordent pas un regard. Personne d'ailleurs ne semble nous voir, je trouve ça rassurant.

Je me sens mieux depuis qu'on est passés de l'autre côté, comme si moins de coups pouvaient m'atteindre là, dans cette salle d'embarquement qui n'est plus tout à fait la France et pas encore l'Algérie, comme si je prenais consciemment une distance salutaire avec mes émotions, ma passion pour P. et tous les actes inexplicables que j'ai commis ces dernières années quand j'ai commencé sérieusement à dérailler.

La salle d'embarquement est l'endroit où je me sens le moins étrangère à moi-même, où j'ai le sentiment de coïncider enfin avec celle que je suis.

Je devine que tout va passer très vite à partir de maintenant et que bientôt, dans quelques années à peine, il ne restera plus rien de ce voyage tant attendu, tant imaginé, alors il faut faire des photos, le plus possible, même si je n'aime pas beaucoup le décalage que cela crée avec l'instant, l'obligation de se retrancher du moment vécu derrière un objectif. C'est d'ailleurs probablement pour cette raison que mon père, à l'inverse, adore ça. Il me paraît tout de même crispé, il s'efforce de sourire mais finit par m'avouer tout bas, d'un coup, sans prévenir, un rire coincé dans la gorge :

— J'espère qu'on n'est pas en train de faire une bêtise.

— Non, je ne crois pas.

Je lui réponds avec l'aplomb exagéré dont j'abusais pour m'adresser à ma grand-mère, à la fin, quand sur son lit d'hôpital où elle passerait les six derniers mois de sa vie elle demandait régulièrement si mon grand-père n'était pas trop perdu sans elle.

Il ne sait rien faire tout seul, tu comprends, pérorait à voix haute Antoinette Montoya, qui était incapable de chuchoter parce qu'elle était sourde d'une oreille depuis l'enfance.

C'était un truc agaçant chez elle, cette surdité dont on se demandait parfois si elle ne l'accentuait pas un peu quand ça l'arrangeait. Ça, et un tas d'autres manies énervantes et attachantes, mélange complexe de superstition et de croyance, quand elle touchait du bois pour un oui ou pour un non, insistait pour qu'on lui remette une pièce de monnaie si on lui avait offert un objet coupant, esquissait de petits signes de croix sur le front des personnes présentes ou concluait le moindre souhait par un *Si Dieu le veut !* tonitruant, traduction littérale du *Inch' Allah !* des Arabes.

Elle ajoutait aussi *qu'est-ce qu'on peut faire* ou *qu'est-ce qu'on va faire* à tout bout de champ, et ce n'était pas une question, plutôt une sorte de fatalisme indifférent, déclaratif, comme on soupire *enfin...* en haussant les épaules, avant de passer à autre chose.

Elle pouvait se montrer exaspérante, bornée et de mauvaise foi, j'étais la seule à lui tenir tête et, la dernière fois que je lui ai parlé au téléphone avant sa chute, qui s'est révélée être une attaque, je l'ai envoyée promener. Après, pendant les longs mois où je suis venue régulièrement à son chevet, je n'ai pas cessé de me le reprocher.

C'était l'époque où je rejoignais P. partout dans Paris, du musée Rodin au cimetière de Montmartre en passant par le pont de l'Archevêché, où nous tracions une carte complexe et fragile de nos étreintes clandestines entre un lieu et un autre comme une araignée sa toile. Plus je me débattais, plus l'étreinte se resserrait.

J'avais commencé à me sentir coupable.

Je m'inquiète pour ton grand-père, parce qu'il est empoté comme tu n'imagines pas, tu crois vraiment qu'il s'en sort ? demandait Antoinette Montoya, qui ne voyait plus rien sans ses lunettes, petite tache brune écrasée dans le décor uniformément blanc, draps, oreillers, murs, table de chevet, stores, de l'hôpital.

Et je m'évertuais à lui faire croire que tout allait bien, tandis qu'à quelques centimètres mon grand-père silencieux, assis dans un coin de la chambre, posé là comme un encombrant oublié pendant des heures, hochait la tête avec un désespoir incrédule.

L'avion est beaucoup trop gros, la moitié des sièges est inoccupée.

Il n'y a de toute façon pas de place attitrée sur notre carte d'accès à bord, ce sont les hôtesses qui installent les passagers à différents endroits stratégiques de manière à équilibrer l'appareil.

On nous a mis sur un côté et j'ai laissé le hublot à mon père qui n'y tenait pas particulièrement et s'est replié en lui-même depuis la petite phrase lâchée tout à l'heure dans la salle d'embarquement. Dans un peu plus d'une heure nous franchirons la Méditerranée, ce sera magnifique et très émouvant de voir apparaître la côte africaine, le golfe d'Oran, Mers el-Kébir, dont j'aimais tant les sonorités chantantes dans la bouche de ma grand-mère lorsqu'elle évoquait ce lieu où ils allaient à la plage le dimanche, et que j'ai encore du mal à associer à la destruction de la flotte française par la marine britannique le 3 juillet 1940. Pendant des années, d'ailleurs, j'ai cru qu'il ne s'agissait pas du même endroit.

Cette séparation qui s'effectue systématiquement entre l'histoire officielle et celle de ma famille est caractéristique du rapport complexe que j'entretiens avec l'Algérie depuis toujours. La fusion d'abord, l'orgueil, l'acceptation sans condition de l'héritage pendant les treize premières années de ma vie environ, les innombrables séjours dans la maison de Dijon, la malle aux vieilles photos dentelées, les récits enchantés de ma grand-mère, les rassemblements familiaux, la vue aérienne de Misserghin accrochée au mur de la cuisine.

Puis la rupture, amorcée au collège à cause du programme d'histoire consacré une année à la décolonisation des territoires français en Afrique du Nord.

L'invraisemblable là-dedans, le choc violent, c'était que l'Algérie que décrivait le professeur, ce système archaïque fondé sur l'exploitation de l'indigène par l'homme blanc, sa soumission à ce dernier, les inégalités, les humiliations, l'injustice, pût être la même que celle qu'on m'avait racontée mille fois, la ferme de Misserghin avec ses ouvriers arabes, ses orangers, l'église au premier plan où l'une des cousines de mon père avait été organiste, les barbecues dominicaux sous la pergola, les virées à la plage, le phonographe où on écoutait Luis Mariano.

D'un coup les omissions, les ellipses pourtant criantes des conversations familiales, m'ont semblé être autre chose que la volonté de ne s'en tenir qu'aux bons souvenirs. Il y avait l'intention, aussi, d'effacer les mauvais, parmi lesquels celui d'avoir été pendant trois générations du côté des tyrans et de ne pas avoir eu la clairvoyance de s'en rendre compte. Ou la franchise de l'admettre. Ils ne l'avaient jamais admis.

De cette incompréhension est née la guerre, un mot que je n'ai jamais entendu chez moi, sinon pour évoquer celle de 39-45 qui a poussé mon grand-père paternel, originaire de Haute-Marne, jeune démobilisé après la défaite de juin 1940, à descendre en zone libre puis à s'embarquer un peu par hasard sur un bateau en partance pour Oran, où il s'est retrouvé affecté à la base militaire de La Sénia. Là, il a fait la connaissance d'Antoine Montoya, un des frères de ma grand-mère.

La guerre, c'était celle qui avait permis à mes grands-parents de se rencontrer le jour de Noël 1940 à la ferme de Misserghin, et avait amené les Américains à débarquer en novembre 1942 en Afrique du Nord avec leur corned-beef et leurs drôles de manières. Il n'y en avait pas d'autre, de guerre.

Pendant le vol, on lit un guide de voyage que j'ai déniché dans un magasin spécialisé à Paris et acheté en même temps qu'une carte d'état-major de l'Algérie.

— J'ai pensé qu'on pouvait rester à Oran aujourd'hui et demain et tenter d'aller à Misserghin le troisième jour, je ne sais pas ce que tu en dis. Cet après-midi, de toute façon, le temps qu'on arrive, qu'on s'installe à l'hôtel, il sera déjà tard, on ne pourra pas faire grand-chose à part une petite promenade de reconnaissance dans le centre-ville. Tu as vu, apparemment tous les noms de rues ont changé, les boutiques aussi, c'est normal depuis quarante ans et quelques...

Je cherche à ménager mon père qui hoche la tête avec obéissance. Pour un peu, je le serrerais dans mes bras, mon père si svelte sur ses photos de jeunesse et que le temps a copieusement arrondi, mais déjà qu'on n'a pas l'habitude d'être juste tous les deux, cela fait longtemps qu'on a perdu entre nous tout contact physique. Depuis des années, on ne se touche plus, sauf pour se faire la bise.

Les hommes pourtant dans la famille de mon père étaient expansifs. Ils se prenaient par le bras, se donnaient l'accolade, s'embrassaient bruyamment, à la méditerranéenne. Les vieux. Mais ils sont morts, et la génération suivante, mon père en tête, a établi une distance de sécurité entre les corps.

Cette distance, je l'ai assimilée à mon insu, et c'est elle que P. a franchie le soir où il m'a pris la main devant tout le monde, alors que j'étais mariée et persuadée d'être heureuse.

Un écran est apparu à différents endroits de la cabine, il indique les renseignements d'usage, altitude, vitesse, position de l'avion en route vers l'Espagne, mais aussi la direction de La Mecque. On s'en étonne, on s'en amuse même un peu jusqu'au moment où tous les passagers se lèvent puis s'agenouillent dans les allées pour prier face à l'écran.

Mon père et moi sommes les seuls à rester assis.

On replonge dans le guide sans émettre le moindre commentaire, feignant de se concentrer sur la liste des points d'intérêt de la ville, front de mer (ou boulevard de l'ALN), lycée Pasteur, Théâtre de Verdure, place du 1er-Novembre (ancienne place d'Armes ou Foch), éprouvant pour la première fois l'expérience de la minorité.

Étrangement, quand elle évoquait la maison qu'elle avait laissée là-bas, ma grand-mère, Antoinette Montoya, se référait moins à l'appartement où elle avait vécu quinze ans à Oran, locataire, avec son mari et son fils, de janvier 1946 à janvier 1961, qu'à la petite ferme de Misserghin, à dix-huit kilomètres au sud-ouest de la ville, que son propre père avait construite avant de mourir quand elle avait dix ans, et où ils étaient dix-sept de la famille à être nés.

Et moi, quand je contemplais l'unique photo de Misserghin que mes grands-parents possédaient, prise du ciel, avec l'église au premier plan et la petite ferme au fond parmi les orangers, je ne pouvais pas m'empêcher de vouloir plonger là-dedans, la légende, le mystère, pour mettre enfin des couleurs et du mouvement sur ce chagrin figé en noir et blanc.

Il ne s'agissait pas d'aller vérifier dans quelle mesure les histoires que m'avait racontées ma grand-mère et à l'ombre desquelles j'ai grandi étaient déformées, sublimées, pas plus que de savoir si la ferme existait encore ou avait été entièrement détruite, je ne me faisais pas trop d'illusions, avais la conviction profonde que l'enjeu n'était pas là, juste qu'il adviendrait un moment dans ma vie où je serais obligée d'aller en Algérie sans chercher à prouver ou à retrouver quoi que ce soit, mais simplement pour pouvoir continuer à avancer.

Mon père lui aussi est né à la ferme, pendant la Seconde Guerre mondiale, mais il n'y a quasiment pas vécu. En janvier 1946, quand mon grand-père est revenu à Misserghin chercher sa femme et son fils de deux ans qu'il ne connaissait qu'en photo, photo reçue en Angleterre où son contingent avait été affecté au début de l'année 1944, ils se sont installés tous trois dans le centre d'Oran, quartier de Miramar, près du marché Michelet, dans la rue Condorcet qui descendait vers le port.

Pour ma grand-mère, qui était extrêmement coquette et venait de passer les trente-sept premières années de sa vie à la campagne, entre sa mère, que tout le monde appelait « Mémé », et sa sœur aînée, veuves toutes deux et toujours vêtues de noir, c'était inespéré. Le soir, sur le front de mer, quand elle déambulait au bras de Paul vers le Théâtre de Verdure, avec son petit tailleur, ses bas, son collier de perles, ses cheveux noirs relevés en une mise en plis impeccable, Antoinette n'était plus la cadette de la ferme Montoya restée vieille fille, qui brodait des napperons et cultivait des chrysanthèmes pour la Toussaint en regardant s'échapper les années, mais une Oranaise, fière et accomplie, fréquentant parfois les salles de spectacle, le cinéma et même, à quelques occasions, les courses de taureaux.

Pourtant, des années après, c'était toujours la ferme qu'elle évoquait, ma grand-mère, où ils retournaient le dimanche pour déjeuner en famille, rassemblés autour de Mémé, avec les frères, les belles-sœurs, les nièces et neveux, ils s'y rendaient en car au début – ces cars qui effectuaient sporadiquement la liaison entre Oran et Tlemcen – puis en voiture quand Paul a acheté sa première DS dans les années cinquante. La ferme, où ils passaient les fêtes et allaient donner un coup de main en novembre pour la cueillette des oranges, avec ses deux bassins d'irrigation dans lesquels les enfants aimaient se baigner l'après-midi.

Au point que j'ai cru, petite, qu'ils vivaient tous ensemble là-bas, à Misserghin, dont le nom même, que j'ai appris tôt, dès qu'il a fallu répondre à la question « lieu de naissance du père », a toujours eu sur moi un pouvoir d'évocation puissant. C'est bien plus tard seulement que j'ai découvert stupéfaite l'existence de l'appartement d'Oran, avec pour preuve unique le cliché d'un balcon minuscule montrant ma grand-mère aux cheveux noirs crantés et mon père longiligne serrés l'un près de l'autre pour pouvoir tenir dans ce tout petit espace.

Il avait l'air de faire chaud. Ils souriaient à l'objectif.

Dans cet appartement, mon père a eu sa chambre d'enfant et d'adolescent, c'est là que mes grands-parents ont connu leurs premières années de mariage avant le départ. Mais Antoinette passait rapidement dessus et revenait sans cesse à Misserghin.

De la même façon, mon père, le peu qu'il parlait, c'était aussi pour décrire la ferme, le bâtiment principal construit vers 1880 par le premier des Montoya sur les trois hectares à défricher qu'on lui a attribués quand il a débarqué d'Andalousie avec d'autres miséreux espagnols, et l'extension ajoutée dans les années cinquante par Louis, un des frères de ma grand-mère, afin de s'y installer avec femme et enfants.

Et comme parfois il n'y parvenait pas, que les mots lui semblaient bien en deçà du souvenir, un jour mon père a préféré dessiner.

Il a réalisé trois dessins. Deux schémas cadastraux qui montrent l'emplacement de la ferme par rapport à l'église, au ravin de la Vierge, à la conduite d'eau couverte provenant du village, et aux cyprès alentour, ainsi que la configuration du jardin avec les toilettes, le poulailler, le petit et le grand bassin. Et un plan détaillé de la maison, nord, sud.

Il s'est appliqué, s'employant à reproduire les dimensions à la bonne échelle, les portes, les pièces une par une à l'intérieur desquelles il a écrit de sa belle calligraphie, sans une hésitation : Véranda. Pergola. Cuisine. Salle à manger. Chambre Mémé. Chambre. Salle à manger Louis. Chambre Louis. Cuisine Louis. Salle de bains. Cour. Remise et Remise grillagée. Étable. Chambre ouvrier. Chambre. « Atelier ». Soues à cochons.

J'ai souvent examiné les croquis de mon père, impressionnée par la précision visuelle de sa mémoire qui lui avait permis, quarante et quelques années après avoir quitté ce lieu qui, pour lui, n'était pas celui du quotidien mais seulement des dimanches, des jours fériés et des vacances, d'en reconstituer minutieusement, d'un trait, la configuration. Je les ai comparés à la photographie aérienne de Misserghin, que j'ai récupérée dans la cuisine de mes grands-parents à Dijon après leur mort et posée sur mon bureau, pour tenter de me repérer, de trouver des correspondances entre l'image et le souvenir, tous deux stoppés dans le temps.

Sur les dessins, la ferme semble immense. Sur le cliché, toute petite. J'ai toujours eu l'impression troublante qu'il ne s'agissait pas du même endroit.

Mais l'éclat apparu dans les yeux de mon père quand il avait esquissé les plans ne m'avait pas échappé, il était assez rare chez lui pour que je ne le remarque pas, identique à celui de ma grand-mère lorsqu'elle racontait pour la énième fois des histoires de serpents tués à la carabine, des récits pleins de lumière et de safran, de grandes tablées dominicales. La ferme, tout de même, ça devait être quelque chose.

Il a refermé le guide et pose la tête près du hublot. Si un jour je réalisais un film, c'est une image que j'aimerais saisir, cet entre-deux, le profil d'un homme les yeux en plein ciel, à demi dans l'ombre, contrastant avec l'ovale bleu du vide sur lequel on peut observer quelques traces anciennes de sale, de pluie.

Mon père n'a pas envie de lire ou bien il n'arrive pas à se concentrer. Feuilleter le guide sur l'Algérie c'est comme faire aveu d'ignorance, confesser qu'on n'a aucune idée de l'endroit où on va, ou bien qu'on prend la chose à la légère, comme si on partait en week-end à Prague et picorait à la dernière minute, juste avant d'atterrir, quelques informations sur le pont Charles.

Et si tout se passe mal ? Si Oran a tellement changé que mon père n'y reconnaît plus rien, n'éprouve qu'un sentiment de désolation irrémédiable, s'il ne reste de la ferme qu'un tas de ruines ?

J'aurais pu demander à l'ami de l'ambassadeur d'envoyer quelqu'un vérifier, déblayer le terrain à notre place, je n'ai pas assez mesuré les risques, n'ai pensé qu'à moi parce que j'ai l'espoir que ce voyage en Algérie puisse être une révélation et me permette de voir plus clair dans ma vie, dans mes choix, de savoir ce que je dois faire maintenant et, au pire, de m'entendre avec mes origines. Je ne crains pas le choc. Peut-être même que je le souhaite.

Le soir où j'ai accepté de prendre un verre avec P., je lui ai raconté toute l'histoire de ma famille paternelle. Il m'avait invitée à boire une coupe dans un bar d'hôtel du VIᵉ arrondissement en début de soirée, il n'avait pas caché ses intentions, c'était un séducteur, je lui plaisais. Mon mari et mon petit garçon de deux ans m'attendaient à l'appartement, j'avais prétexté une obligation professionnelle, je n'avais jamais menti jusque-là.

Ma grand-mère avait commencé à mourir et je multipliais autant que possible les allers-retours à l'hôpital de Dijon. Entre chacune de mes visites son état se dégradait et je ne pouvais feindre de l'ignorer, je devais me rendre à l'évidence, je ne la verrais plus, la petite silhouette replète que j'aimais tant, trotter avec sa jupe plissée et jeter un verre d'eau sur mes pas lorsque je partais, *l'eau l'emmène, l'eau la ramènera*, je n'entendrais plus sa voix chantante au téléphone me demander systématiquement quel temps nous avions à Paris et enchaîner un inévitable couplet sur la météo. Pour cette raison peut-être l'ai-je convoquée à notre table ce soir-là, l'ai-je brandie comme un bouclier entre mon corps et celui de cet homme qui n'était pas mon mari, Antoinette Montoya. J'ai dit qu'elle radotait comme un disque rayé sur l'Algérie alors que mon père demeurait plutôt silencieux. J'ai évoqué Misserghin, la ferme, les traditions dans lesquelles j'ai été élevée, l'anisette pure le 31 décembre à minuit, les lentilles au 1er janvier, la mouna à Pâques, insisté sur le fait que la plupart des Français d'Algérie étaient pauvres, bien plus pauvres que les métropolitains, les miens n'échappaient pas à la règle, c'étaient ce qu'on appelle des *petits* colons, ils vivaient chichement et

cultivaient des orangers pour leur consom-
mation personnelle, il fallait faire attention
aux amalgames, ne pas confondre les gros
propriétaires et le modeste peuple des
pieds-noirs. Je n'arrêtais pas de parler, je
devais penser que cela me protégeait, qu'en
déployant mes racines nord-africaines de
cette manière je dressais une barrière entre
P. et moi. C'était d'autant plus étrange qu'il
me semblait alors les avoir reniées.

J'ai raconté la rencontre de mes grands-
parents en 1940. J'ai tu le racisme, évité
d'aborder la guerre d'Algérie.

À un moment P. m'a pris la main, mais
je l'ai retirée et la conversation a dérivé vers
Moravia, dont P. m'avait apporté trois
livres. Quand je me suis aperçue qu'il avait
repris ma main, j'ai voulu rentrer chez moi.
Alors P. a essayé de m'embrasser. Et j'ai
compris que mon bonheur n'était qu'un
mensonge.

Quand ils parlaient de cette période, les
vieux dans ma famille disaient *les événements*. C'est le seul mot qu'ils employaient,
du bout des lèvres, et ils ont continué à
l'utiliser même quand la République française, qui longtemps a dit la même chose,

a fini par admettre un autre terme officiel. Jamais il n'a été question dans leur bouche de conflit, d'affrontement, de combat pour l'Indépendance, comme je l'ai lu tout à l'heure par-dessus l'épaule de mon père dans les rappels chronologiques du guide. Mais ils n'en parlaient pas souvent.

Ou alors pour se plaindre qu'à la télé on racontait n'importe quoi, ça ne s'était pas déroulé ainsi, tout était déformé, réécrit par des gens qui ne l'avaient pas vécu, assis dans leurs bureaux parisiens. Quelle guerre ? Eux, ils étaient sur place et n'avaient rien vu. Je me rappelle très bien avoir entendu une cousine de mon père affirmer *Il s'agissait juste d'actes isolés dans les montagnes. Par des voyous.*

D'ailleurs s'ils avaient quitté l'Algérie en 1961, prétendaient mes grands-parents, c'est parce que Paul s'était vu proposer un poste intéressant à Paris, il n'y avait aucune autre raison, ils étaient bien là-bas, vivaient heureux. Ils n'avaient que de beaux souvenirs. On avait tout exagéré, tout monté en épingle à cause d'une poignée d'énervés, mais eux, qui savaient mieux que quiconque la réalité de ce pays, eux à qui on n'allait pas donner de leçons sur le sujet, avaient connu plein d'Arabes qui étaient de leur côté, qui auraient voulu qu'ils restent. C'est ce qu'ils disaient.

Je les écoutais.

Longtemps je n'ai pas eu les éléments nécessaires pour objecter quoi que ce soit ni même émettre le moindre doute, et quand je les ai eus j'ai continué à me taire. Je savais bien pourtant qu'ils mentaient, les vieux de ma famille, avec leur insistance désespérée et leurs yeux tristes, de manière plus ou moins consciente car ils avaient fini par être les premiers à croire dur comme fer à leur version de l'histoire, ils mentaient parce qu'il était inconcevable que personne n'ait rien remarqué, violences, attentats, morts, sans parler de la montée de la haine, de la peur, tout ce qui s'est produit pendant ces huit années-là, en Algérie et dans la métropole, à Oran même où il y a eu des massacres comme partout ailleurs, ils n'étaient pas à ce point coupés du monde. À la rigueur ceux qui vivaient au village, plus attentifs à la culture de leurs agrumes qu'à la marche du monde, mais mes grands-parents, au cœur même d'Oran d'où les Européens ont commencé à partir dès

1954, comment pouvaient-ils affirmer qu'il ne s'était rien passé ?

Un jour, j'ai appris que quelqu'un de ma famille avait été tué sur les hauts plateaux pendant *les événements*. Un vieil homme qui vivait dans des conditions climatiques difficiles au milieu de ses chèvres et avait refusé de suivre sa femme et ses enfants partis se réfugier sur la côte. C'est un de ses employés qui l'avait égorgé. Je ne sais plus comment je l'ai su, sans doute à la fin d'un repas, quand ils se mettaient tous à crier, à surenchérir, et qu'ils ne faisaient plus attention à nous, les gosses, qui gobions les fonds de verre en cachette, ou peut-être lors d'un mariage qui avait réuni exceptionnellement toutes ces branches qui ne se fréquentaient plus.

À un moment, j'ai compris aussi que Mémé, à la fin, n'habitait plus à la ferme. C'était trop isolé, trop à l'écart de Misserghin. Les enfants s'étaient mariés, le couple de vieux Arabes qui avait longtemps vécu auprès d'elle était parti, elle était seule. Une de ses petites-filles qui s'était installée avec son mari dans le Village Neuf l'avait obligée à les rejoindre. Mémé ne voulait pas, elle avait rétorqué qu'elle avait un fusil, elle savait se défendre. On ne lui avait pas laissé le choix. La ferme était devenue trop dangereuse. Même si, bien sûr, il ne se passait rien.

— Regarde, ça y est, c'est la côte. C'est l'Algérie.

Mon père s'agite sur son siège. Il saisit le vieil appareil photo argentique, l'ôte de sa housse, enlève le cache de ses mains tremblantes, et commence à mitrailler tout ce qu'il peut à travers le hublot, en évitant le bout d'aile derrière laquelle nous sommes assis.

Nous avons quitté la rive européenne il y a peu. Le détroit est tout petit vu d'avion. L'Afrique est là, avec sa terre jaune et vide.

Je n'arrive toujours pas à croire que nous sommes arrivés, que le tarmac sur lequel s'est posé notre avion est celui de l'aéroport d'Oran-Es Senia, chez moi on disait *La Sénia*, et j'ai souvent entendu mentionner cet endroit à cause de la base aérienne qui s'y trouvait, et où mon grand-oncle Antoine était aviateur. C'est lui qui a présenté Paul à Antoinette le 25 décembre 1940, car les officiers avaient demandé aux militaires natifs de la région d'inviter dans leur famille des soldats métropolitains afin d'éviter à ceux-ci de rester seuls pour Noël. Lui aussi qui a pris la fameuse photo de la ferme vue du ciel, avec l'église au premier plan, le jour de 1962 où il a quitté l'Algérie pour toujours. Antoine est le seul, des miens, à être parti en avion.

Nous avons descendu la passerelle et mon père, au lieu de suivre les autres passagers en direction du terminal pour effectuer les formalités douanières, s'arrête et scrute le paysage. De l'avion nous avons aperçu la ville et, juste après, quelques bourgades blanches perdues sur une immensité sèche et plane, divisée en carrés, des touffes clairsemées de vert ici et là. C'est sans doute ça qu'on appelle la grande sebkha.

La piste donne l'impression d'être plantée au milieu d'une sorte de garrigue, nulle construction alentour, et cette vapeur ocre très particulière qui flotte à l'horizon comme une émanation gazeuse du sol, floute l'image et blanchit le ciel.

— Là-bas c'est la mer, dit mon père qui tend le bras avec détermination vers un point précis. La montagne à gauche, c'est l'Aïdour ou le Murdjadjo, et celle de droite on la surnomme la montagne des Lions, à cause de sa forme de fauve endormi, tu vois la tête, le cou et le corps ? En plissant les yeux on parvient même à discerner sa crinière...

— On devrait peut-être y aller ? On est les derniers...

— Certains prétendent qu'il y a eu des lions dans la région jusqu'au XIXe siècle, continue mon père en réglant son appareil photo, ils sont le symbole de la ville, sur le blason, sur la place de l'hôtel de ville tu en verras partout. D'ailleurs Wahrãn, ça veut dire « deux lions ». Oran est là, juste au pied de la montagne, en face, là, c'est Oran.

Je regarde le creux dans le lointain, comme s'il contenait une ville imaginaire, susceptible d'apparaître quand on l'appelle de ses vœux, et c'est ce creux où je ne distingue que des arbustes épars, un sol rouge, un ciel pâli par la chaleur de l'après-midi, que mon père prend en photo. Sommes-nous en train d'inventer tout cela ?

Quand P. a cherché à m'embrasser j'ai détourné la tête. Je me suis engouffrée dans un taxi et j'ai fui sans me retourner, mais je savais qu'il était immobile sur le trottoir, le regard fixé dans ma direction, les deux mains enfoncées dans les poches de son manteau gris, ou alors l'une d'elles effleurant ses lèvres, un geste qu'il a souvent, comme tous les sensuels. Il m'attendait. Je ne le lui ai jamais demandé mais il devait être persuadé que je lui céderais tôt ou tard et que nous finirions par coucher ensemble. C'était ce qu'il voulait et ça aurait pu être ça, une passade anodine de quelques semaines, l'impénitent célibataire, l'épouse languissante, il y avait tous les ingrédients, l'absence de scrupule chez lui, l'ennui chez moi, mais on a commencé à s'écrire, et ce qui a permis à nos corps de se tenir éloignés pendant quelque temps a simultanément décuplé notre désir.

C'était du fantasme, du manque. C'est devenu de la douleur, de la faim, une obsession qui menaçait sans cesse de nous exploser à la gueule. Toutes nos passions sans doute sont des reconstructions.

Et là où je ne vois rien, mon père reconnaît la ville de son enfance.

En principe notre chauffeur nous attend derrière les postes de contrôle, il aura probablement un carton à notre nom même si c'est parfaitement inutile, nous ne sommes pas trop difficiles à repérer, le gars ne peut pas vraiment se tromper.

J'entraîne mon père hors de la piste. Je n'ai aucune idée, aucune description de l'homme qui vient nous chercher et dont, à partir de maintenant, nous dépendons exclusivement. Ce qui est sûr, c'est qu'il ne nous lâchera pas d'une semelle pour le moindre de nos déplacements, et ce pendant la durée entière de notre séjour, qu'il a donc le pouvoir d'enchanter comme de pourrir tout du long, et dont les premières impressions vont dépendre inévitablement de lui.

Il faut attendre très longtemps avant de passer devant la police et montrer nos papiers, les deux files n'avancent pas vite et c'est presque la même indiscipline qu'au départ, mais nous sommes moins étonnés déjà et patientons derrière tous les Algériens de notre vol qui rentrent au pays. Dans l'avion, on a eu droit, nous deux spécialement, à un formulaire nous demandant de préciser, entre autres, notre adresse locale de résidence, la durée et la nature de notre voyage, auquel nous avons scrupuleusement répondu en inscrivant en majuscules le nom de notre hôtel à Oran, TROIS JOURS et TOURISME. A priori nous n'avons rien à cacher.

Le tapis roulant avec les bagages se trouve de l'autre côté, je récupérerai ma valise une fois qu'on nous aura officiellement accordé le droit d'entrer et de séjourner sur le territoire, sinon l'aéroport est assez petit, provincial, c'est la première chose qui frappe quand on arrive de Paris, et il y a beaucoup d'hommes en uniforme. Je n'ai pas emporté grand-chose, des vêtements passe-partout et légers, je me suis renseignée, il fait encore chaud à la mi-septembre à Oran, une chaleur agréable et douce, une chaleur de fin d'été caressante.

J'ai surtout des copies de photos de l'époque algérienne de ma famille. Bien entendu celle, aérienne et incontournable, de Misserghin en noir et blanc, mais d'autres également, que j'ai récupérées il y a peu et n'avais jamais vues auparavant, découvertes au cours des deux dernières années, quand il a fallu vider la maison de Dijon et faire du tri, ouvrir de vieux tiroirs et des malles poussiéreuses au grenier.

Dès que j'ai eu la confirmation de ce voyage, j'ai réfléchi à ce qu'il faudrait apporter, dans l'hypothèse bouleversante où on retrouverait la ferme et rencontrerait ses nouveaux occupants. Il n'était pas question d'arriver les mains vides, nous venions en amis, mais il ne s'agissait pas non plus de se présenter avec des cadeaux impersonnels et sans âme, des expédients de dernière minute achetés à la va-vite dans les boutiques *duty free* de l'aéroport. J'ai longuement hésité. Ce n'était pas évident, j'ignore tout des gens, s'il y en a, qui vivent aujourd'hui dans la ferme des Montoya, de leur état d'esprit quand ils verront débarquer les descendants des anciens propriétaires forcés de déguerpir en abandonnant tout derrière eux.

Finalement j'ai pensé aux photos anciennes. J'ai réalisé des photocopies de qualité, très proches des originales. C'était ça que je leur offrirais, j'étais heureuse de ce projet, les nouveaux habitants seraient sans doute bien contents de posséder une trace de ce qu'avait été l'endroit avant eux, à l'époque des Français. Et c'était pour moi une manière symbolique de ramener mes vieux chez eux.

Après, les jours ont passé et plus la date du départ a approché, plus je me suis demandé si c'était une bonne idée.

Pas à pas nous avançons vers la cabine vitrée où un policier moustachu tout en vert dévisage froidement les arrivants. Du coin de l'œil, j'observe mon père avec son appareil photo en bandoulière posé sur son gros ventre, le cordon noir de ses lunettes qui pendouille sur ses joues, et le trouve étrangement plus serein qu'à Orly.

Il tend son passeport avec fermeté à travers la petite ouverture et reste droit, attendant avec confiance le verdict du policier qui, après examen, lui rend ses papiers et dit avec un sourire fugace :

— Bienvenue chez vous, monsieur.

Les photos qui sont dans ma valise sont toutes petites, très anciennes, mon père n'a pas été capable de les situer avec précision, il dit qu'elles datent probablement d'avant la guerre, et il faut donc comprendre d'avant 1939.

Elles sont abîmées, tachées, un peu effacées, couleur sépia, rien quasiment du décor n'apparaît sinon les personnes qui posent au premier plan, sans sourire, sourcils froncés, méfiantes et mal à l'aise face à l'objectif. Sur quelques-unes, on voit Mémé, que je n'ai pas connue car elle est morte trois ans avant ma naissance, à Dijon où elle avait rejoint mes grands-parents, et qui sur les rares clichés où elle apparaît a toujours l'air sévère et renfrogné, avec une robe noire et un foulard noué autour de la tête, noir également, alors qu'elle était très douce en réalité d'après mon père. Elle est debout devant un mur de pierre recouvert de crépi, entourée du couple de vieux Arabes qui vivaient avec elle.

— C'est à la ferme, affirme mon père, sûr de lui. La femme s'appelait Dihya. L'homme, je ne me souviens plus.

Et il y a une photo de ma grand-mère.

C'est mon grand-père qui possédait l'originale, il l'avait sortie de son portefeuille où elle tenait sans avoir besoin d'être pliée, nous étions assis tous les deux dans le petit salon de la maison de Dijon, lui dans son fauteuil habituel, sa place attitrée face à l'énorme télé qui hurlait car lui aussi était devenu à moitié sourd avec le temps, où il finissait invariablement par s'endormir au bout de quelques minutes, quel que fût le programme en cours. Très vite, on le voyait piquer du nez, fermer les yeux et commencer à ronfler avec la tête qui dodelinait, ce qui nous amusait beaucoup mon frère et moi quand nous étions enfants.

Mais là il ne dormait pas et la télé était éteinte. C'était quelques mois après la mort de ma grand-mère. Depuis qu'elle était *partie*, comme il disait, maniant à son tour l'art des euphémismes, Paul avait beaucoup décliné. Mes parents étaient inquiets, il restait prostré, tout seul dans la maison de Dijon, tenant des propos de plus en plus incohérents au téléphone, paranoïaques, quand il se décidait enfin à répondre après des dizaines d'appels laissés sans réponse. Parfois il se montrait agressif, parfois éclatait en sanglots. Il avait arrêté de jardiner, de s'occuper des lapins, d'aller chercher le pain et le journal le matin, de se faire houspiller à longueur de temps pour un oui ou pour un non, de trouver lui-même des motifs dérisoires de contrariété et de râler pour le plaisir, d'écouter RTL à plein volume et de noter le montant de *La Valise*, de jouer au Scrabble, à la belote, de faire des mots croisés et même de regarder la télé, il ne faisait plus rien, je me demande ce qu'il pouvait bien manger. Il prenait beaucoup de médicaments. Il avait arrêté de se mouvoir dans l'espace, il ne voyageait plus que dans le temps, un temps définitivement révolu.

J'ai senti qu'il n'y avait pas une seconde à perdre et suis allée passer quelques jours auprès de lui, à Dijon. J'ai posé des questions, pris des notes, enregistré nos conversations avec un Dictaphone, recoupé des informations, je me suis adaptée à son rythme, qui n'était pas du tout le même que celui de mon grand-oncle Antoine, le frère de ma grand-mère, chez qui j'avais séjourné auparavant et qui m'avait parlé d'une traite pendant des heures, avec sa voix rocailleuse qui roulait les *r* et accentuait fortement les fins de phrases de manière ascendante, comme sa sœur.

Mon grand-père, c'était un autre tempérament. Ma grand-mère menait la barque et les conversations, il n'avait jamais été très causant, habitué depuis toujours à se faire rabrouer dès qu'il tentait de la ramener.

Tais-toi, tu parles trop fort, le coupait Antoinette avec le même culot que lorsque, dans une file d'attente, elle qualifiait tout haut de vieille une femme d'au moins vingt ans sa cadette.

Je ne lui ai pas dit que j'avais quitté mon mari après quatre ans seulement de vie conjugale, alors que mon petit garçon avait à peine deux ans. Il ne l'aurait pas compris et il est mort sans l'avoir appris. La robe blanche, la traîne, les fleurs dans les cheveux, les longs gants couleur crème, le vin d'honneur et tout le banquet, ils étaient là, ma grand-mère et lui, avaient lancé du riz sur nous à la sortie de l'église, avaient bu du champagne, cent cinquante invités, discours et pièce montée, balayés au premier tremblement.

Je n'ai pas pu lui dire que je n'avais pas eu le choix. Je n'étais pas sûre de comprendre moi-même.

Elle était comment, mamie, quand tu l'as connue en Algérie ? Tu te souviens comment elle était la première fois que tu l'as vue là-bas ?

L'histoire de leur rencontre, le jour de Noël 1940, je l'ai entendue raconter d'innombrables fois, et par tout le monde. Bien sûr, la version de mon grand-père m'intéressait, ce qu'il en restait dans sa mémoire et la façon dont il la nourrissait encore, soixante ans après l'événement. Mais ce qui m'intriguait avant tout, c'était de voir une autre image de ma grand-mère, qui avait déjà soixante-trois ans quand je suis née et que j'ai toujours connue, du plus loin que je me souvienne, avec sa couleur dans les cheveux, ses lunettes de vue, ses chemisiers imprimés, ses jupes plissées et ses bas couleur chair. Une image, précisément, qui ne soit pas celle d'une grand-mère.

J'avais retrouvé deux photos d'elle en Algérie : la première très distinguée sur les trottoirs bicolores d'Oran, jupe aux genoux, cheveux crantés, avec mon père qui doit avoir dans les quatre ans, en culottes courtes à côté d'elle, et dont les cheveux sont encore clairs ; la seconde plus décontractée, en couleurs, à table lors d'un repas dominical à la ferme, sous la véranda.

Mais étrangement sur ces deux photos Antoinette ressemblait déjà à la femme âgée qu'elle deviendrait et qui fut ma grand-mère, avec cette mâchoire assez carrée, peu gracieuse, ces épaules fortes et cette expression farouche qui ne donnait pas forcément envie de l'entreprendre. Ce n'était pas ce qu'on appelle communément une jolie femme. Elle avait du caractère, ça se voyait et ça devait souvent fiche la frousse. Je n'avais aucune idée de la fillette qu'elle avait été, qui avait perdu son père à l'âge de dix ans et avait connu bien des naissances et des morts dans la ferme de Misserghin, ni même de la jeune femme solitaire brillamment reçue au certificat d'études, qui se résignait doucement à rester vieille fille.

Mon grand-père a sorti son portefeuille. Il l'a ouvert avec une lenteur fragile et a extrait d'entre deux poches une petite photo carrée qu'il m'a tendue en soupirant.

C'est une brune au sourire éclatant, avec un chapeau blanc à large bord, incliné sur la droite, qui découvre ses cheveux coupés en un carré court. Elle porte un pantalon noir plutôt ample, des nu-pieds blancs et un chemisier blanc également, à manches courtes, avec un col boutonné jusqu'en haut et une lavallière de la même teinte, très à la mode, très française. La photo est esquintée et il est difficile d'en discerner tous les détails, mais l'ensemble est d'une élégance soignée.

La femme est assise dans une attitude indolente sur ce qui ressemble à un muret en pierre, les jambes croisées, le coude droit posé sur la cuisse gauche et la main gauche caressant un chien, style caniche, affalé à côté d'elle. Il a l'air de faire assez chaud, ça se sent à l'attitude du chien, à l'ombre dessinée sur une partie du corps

de la femme à cause de son chapeau para-
sol, on distingue à l'arrière-plan une palis-
sade en bois et un champ écrasé par le
soleil avec un grand arbre très feuillu, peut-
être un oranger. La femme fixe l'objectif
avec assurance, et même avec gourmandise. Elle pose et elle a l'air d'aimer cela.
Elle sourit à pleines dents. La mauvaise
qualité de la photo ne permet pas d'analy-
ser son regard, et ses traits sont un peu
flous mais incontestablement bruns et
racés.

Cette femme n'était pas encore ma
grand-mère, elle était Antoinette Montoya,
c'était sa seule identité et mon grand-père
m'a assuré que la photo avait été prise sur
le rebord du grand bassin à la ferme, en
1942. *Elle avait toujours ce petit chien avec
elle, il ne la quittait pas, elle l'adorait, je ne
me rappelle plus comment il s'appelait.*

Je n'ai jamais vu ma grand-mère avec un
animal domestique, j'ai même toujours cru
qu'elle ne les aimait pas beaucoup. Je ne
l'ai jamais vue non plus en pantalon. En
1942, elle a trente-trois ans. Elle a rencon-
tré Paul deux ans plus tôt. C'est peut-être
lui qui prend la photo, dans tous les cas

cette photo lui est destinée, et Antoinette le sait.

J'étais plus âgée désormais que ma grand-mère sur ce cliché.

Elle était comme ça quand je l'ai connue, a dit mon grand-père. *Elle était belle, ma femme, tu vois.*

Elle avait neuf ans de plus que lui.
P. a quinze ans de plus que moi.

Un grand jeune homme émacié et souriant se dirige vers nous sans hésiter. Cheveux très noirs, décoiffés, lunettes de soleil relevées sur la tête, oreilles décollées, teint un peu rouge et air franchement rigolard, il porte un jean délavé et une chemise à carreaux bleus et blancs déboutonnée au niveau du col.

— Bonjour monsieur, mademoiselle. Je m'appelle Amine, à votre service. Soyez les bienvenus en Algérie. Vous avez fait bon voyage ? Laissez-moi porter votre sac, mademoiselle, j'insiste. Si vous voulez bien me suivre, la voiture est garée juste là.

Amine est né à Oran où il a toujours vécu. Il est divorcé et habite chez ses parents avec son fils de huit ans, parce que la vie est dure et qu'il n'y a pas de travail. Il fait un peu le chauffeur pour l'ami de l'ambassadeur, et pour d'autres du même réseau, des « potes à Boutef », comme il nous le raconte aussitôt dans la voiture sans même que nous l'interrogions, avec bonne humeur et une complicité immédiate, et il me faut quelques minutes pour réaliser que c'est le président de la République algérienne qu'il nomme ainsi.

On a des points communs avec Amine, moi aussi je suis divorcée maintenant et il m'arrive parfois de penser, à certains paliers de solitude, que c'est la plus grosse erreur de ma vie, parfois non. Mais je ne dis rien. Je crois que cela ferait de la peine à mon père.

En fait de voiture, il s'agit d'un 4 × 4 confortable où mon père prend place à l'avant tandis que je m'installe à l'arrière, ravie que les choses démarrent avec autant de simplicité, sous l'égide d'un garçon décomplexé. Amine doit avoir à peu près mon âge, ce qui signifie qu'il est né après l'Indépendance et n'a connu ni l'Algérie française ni « la guerre de Libération », puisque c'est ainsi qu'on l'appelle de ce côté de la Méditerranée, tout ça c'est de l'histoire ancienne et pas vraiment le centre de ses préoccupations, comme on s'en rend très vite compte. La vérité c'est qu'il aime bien faire la fête, Oran est idéale et même conçue pour cela, c'est la capitale du raï et elle a la réputation d'être la ville la plus libérale du pays, on y tolère des comportements mal vus ailleurs, c'est pourquoi les Oranais, exubérants et effrontés, ont une si mauvaise image à l'extérieur.

Amine préfère même nettement faire la fête que travailler, nous le comprenons rapidement, d'ailleurs il ne s'en cache pas. La mosquée le vendredi, il ne peut pas y couper, c'est une question de bienséance sociale, mais il ne fait pas davantage, c'est le seul jour où il s'y rend. La boîte à gants est pleine de CD et d'arbres magiques antitabac.

Qu'il appartienne à ma génération et non à celle de mon père pourrait se révéler être un handicap dans notre quête des origines familiales, mais à cet instant j'ai plutôt l'intuition que c'est une chance qui nous permettra d'éviter une asphyxie passéiste et d'accomplir plus légèrement une transition nécessaire vers l'Algérie d'aujourd'hui.

Au bout de quelques minutes, mon père et lui parlent à bâtons rompus.

Nous roulons vite, je regarde le paysage, les premières maisons, les faubourgs de la ville. Le centre d'Oran n'est qu'à douze kilomètres de l'aéroport et la ville semble s'être immensément étendue vers le sud, mais je ne retiens rien, comme si un trop-plein d'émotions et d'images anciennes m'empêchait d'en accueillir une de plus.

C'est Oran, nous y sommes, ma grand-mère aurait sans doute désapprouvé ce voyage qui est un acte de désobéissance à son égard. Mais peut-être que non, peut-être aurait-elle été contente, au fond. Venir ici c'est aussi lui rendre hommage. C'est elle qui m'a donné le désir de ce pays, et son malheur. C'est elle que je vois partout, et maintenant que je suis là je ne pense pas à P.

Le soleil cogne encore assez fort et le ciel est bien plus bleu qu'il n'y paraissait de l'aéroport sur les immeubles blancs aux volets clos truffés d'antennes paraboliques et striés de câbles électriques.

— Mon père a travaillé toute sa vie à *L'Écho d'Oran*, il était journaliste sportif, dit Amine. Il a connu Pierre Laffont, cette époque-là. Il m'emmenait sans arrêt là-bas quand j'étais petit. Si vous voulez on ira y faire un tour, même si mon père est à la retraite aujourd'hui. D'ailleurs mes parents seraient ravis de vous rencontrer, de vous inviter pour le thé. Je vous conduis à votre hôtel ?

Mais mon père, qui à ma grande surprise se met à tutoyer notre chauffeur, lui touche le bras.

— Attends. Tourne à droite à la prochaine. Ensuite tu prendras encore à droite à la deuxième intersection.

Enchanté, à l'évidence, par cette initiative inattendue, Amine obtempère. Je vois son sourire dans le rétroviseur. Il redoutait peut-être d'avoir à trimbaler pendant trois jours un vieux nostalgique avec sa fille, une Parisienne, des nantis dans les petits papiers de l'homme d'affaires qui est occasionnellement son patron et lui a demandé de s'occuper de nous, qui voyageons librement, prenons l'avion et obtenons des visas quand ça nous chante alors qu'il faut aux Algériens lambda des années d'attente et de procédures pour acquérir la maudite autorisation.

C'est étrange.

Mon père, si réservé, à qui je n'ai pas connu d'amis, à peine de vie sociale, des collègues de travail parce qu'il en fallait bien, quelques matchs de foot au stade de l'Aube, mon père qui préfère se perdre et tourner en rond pendant des heures plutôt que demander son chemin à des inconnus, qui d'une manière générale préfère ne rien demander à personne, mon père, que j'imaginais dans les rues d'Oran encore plus accablé de timidité, se révèle au contraire plein d'impulsions et plus à l'aise ici que lorsqu'il doit faire un brin de conversation à un voisin qu'il croise pourtant depuis vingt-cinq ans dans le lotissement où ils habitent avec ma mère et où j'ai grandi en crevant d'envie d'être ailleurs.

Il indique à Amine le nom des rues, qui bien sûr a changé, car tout a changé à Oran, tout ce qui rappelait la « nuit coloniale » a été effacé et remplacé, le nom des rues et des arrondissements, des places, des marchés, des cafés, des magasins, les cinémas ont disparu et la cathédrale a été transformée en bibliothèque. Mais mon père n'a pas l'air de s'en soucier, ni du fait qu'Amine n'a pas connu cette époque-là. Il dit :

— Là, il y avait Le Lynx, là Le Balzac, là les Galeries de France...

Et le plus sidérant, c'est qu'Amine renchérit sur ses propos, qu'il semble maîtriser parfaitement lui aussi l'ancienne topographie de la ville, approuve, complète les commentaires de mon père, et utilise surtout, comme lui, les anciens noms.

— Vous savez tout le monde continue à dire rue d'Arzew, place Foch, boulevard Clemenceau, faut pas croire, on ne change pas les habitudes comme ça, me répond-il quand j'ose lui en faire la remarque.

J'aurais compris s'il avait eu l'âge de mon père. J'imagine que bien des Oranais qui ont connu la présence française ont dû avoir du mal, les premières années, à se défaire d'un certain nombre de réflexes, et qu'il leur a fallu réapprendre à se mouvoir dans une ville entièrement rebaptisée, dont la moitié des habitants avait détalé. Dans une moindre mesure c'est comme les vieux en France qui n'entendaient rien aux euros, n'avaient de toute façon déjà rien compris aux nouveaux francs et s'évertuaient à tout convertir systématiquement en anciens francs avec des tas de zéros.

Mais notre chauffeur est né une dizaine d'années après la fin de la guerre. Ce qui signifie que l'usage l'a emporté sur la loi. Que l'héritage français, loin d'être entièrement renié, demeure une transmission orale de génération en génération. Et que c'est aussi, sans doute, une question d'identité.

— Ralentis maintenant, demande mon père à Amine. À gauche c'était mon école. Au coin, le marchand de glaces. Et la rue qui descend là, tu vois, c'est la rue Concorcet. C'est là qu'on habitait.

Je ne sais pas si c'est à Amine qu'il s'adresse, ou à moi.

La rue Condorcet s'appelle désormais rue Nedjah-Mahyou, comme l'indique une plaque rouillée en français et en arabe, au-dessus de l'ancienne, émaillée, en lettres blanches pimpantes sur fond bleu, que mon père prend en photo. C'est curieux qu'on ait gardé les deux après tant d'années. Qui ne connaîtrait pas l'histoire contemporaine de l'Algérie serait bien en peine d'affirmer laquelle est la plus récente, et se tromperait à coup sûr tant la nouvelle paraît terne et abîmée, d'ailleurs dès qu'on recule, on n'arrive plus à en distinguer les caractères, alors qu'on lit parfaitement ceux du dessous.

Amine hausse les épaules quand je lui en fais la remarque.

— Je vous l'ai dit, les nouveaux noms, personne ne les utilise. C'est même pire que cela : personne ne les connaît.

Et cela lui semble une justification suffisante pour expliquer que la plaque du haut est en très mauvais état alors que celle du bas reluit comme au premier jour.

La rue plonge vers la mer qu'on devine plus qu'on ne l'aperçoit au bout, elle est très étroite avec des trottoirs minuscules, des maisons ocre et blanches et des immeubles assez bas reliés entre eux par d'innombrables fils électriques comme des lianes, des balcons en fer forgé auxquels il ne manque que des barreaux aux fenêtres pour rappeler l'Andalousie. Trois petits garçons en tenue de sport traînent sur le bas-côté. Ils ont les cheveux courts et noirs, des yeux vifs et une bouille dégourdie, des jambes cagneuses, maigrelettes, ils doivent habiter par ici, mon père leur ressemblait probablement au même âge.

Peut-être jouait-il tout comme eux sur ce trottoir exigu le soir après l'école ou le jeudi, aux osselets, aux noyaux d'abricots, peut-être songe-t-il en les contemplant que l'histoire qui sépare les êtres et engendre les exils n'en finit pas, malgré tout, de se répéter. Et que rien ne ressemble plus à un enfant pied-noir des années cinquante qu'un enfant algérien des années deux mille.

Amine a garé la voiture en face d'un immeuble blanc de trois étages à l'angle de la rue Condorcet et d'une autre dont je n'ai pas noté le nom. Il doit y avoir deux appartements par palier, chaque pièce comprend un balcon minuscule à la forme étrange, triangulaire, les volets sont fermés partout sans exception à cause du soleil projeté violemment sur la façade.

— Voilà, annonce mon père sur un ton faussement léger, c'était là, au troisième. La petite pièce au coin, qui donne sur l'autre rue, c'était ma chambre.

Nous sommes tous les trois sur le trottoir opposé, à l'ombre. Amine et moi avons sorti nos lunettes noires, mon père qui n'en porte jamais arbore toujours sa banane et son appareil photo en bandoulière. La rue est vide, seul un vieillard traverse à un moment en fixant ses chaussures, c'est peut-être l'heure de la sieste. Au rez-de-chaussée de l'immeuble, une inscription métallique témoigne de l'emplacement d'un coiffeur, mais le rideau de fer est baissé et il est impossible de savoir si le salon existe bel et bien ou si seule la plaque a, elle aussi, été conservée pour on ne sait quelle raison, comme c'est le cas pour les rues.

À quelques mètres, les petits garçons ont cessé de jouer et nous observent. Ils ont bien perçu que nous ne sommes pas du quartier, ou plus exactement que notre présence ici est insolite, ils n'ont pas l'habitude de voir des étrangers, encore moins européens, vadrouiller dans le coin, se prendre en photo devant l'immeuble qui fait l'angle et qui, jusqu'à ce jour, n'avait jamais attiré le moindre touriste. Que savent-ils de leur pays ? Conçoivent-ils qu'un de ces étrangers puisse lui aussi se réclamer d'ici ?

— On n'a qu'à monter, propose Amine. Il y a peut-être quelqu'un.

Je vois mon père hésiter, rattrapé d'un coup par sa pudeur, sa peur de l'autre, maladives. La vaillance inattendue dont il a fait preuve depuis notre arrivée jusqu'à cet instant s'est volatilisée et il se tourne vers moi pour chercher des yeux du renfort, mais je n'ai pas plus d'audace à revendre et une furieuse envie de fumer. Je n'aurais jamais imaginé que nous nous retrouve-rions dans ce genre de situation à peine descendus de l'avion, avant même d'être passés à l'hôtel et de s'être mis en condition pour affronter l'extérieur.

Soudain mon père avait pris le commandement des opérations et décidé sans crier gare de faire un détour par son quartier, avec une assurance impérieuse qui a dû le surprendre le premier. Comment aurait-il pu s'attendre à se mouvoir dans le centre d'Oran, où il n'avait pas mis les pieds depuis plus de quarante ans, comme s'il en était parti la veille ? Songer que son impulsion le guiderait aussitôt jusqu'à la rue Condorcet ?

Rien ne se passe comme prévu, même si je n'avais rien prévu en réalité, à peine esquissé dans ma tête, penchée sur le guide de l'Algérie, un parcours potentiel dans la ville qui, dans tous les cas, ne passait pas nécessairement, je l'avoue, par cet endroit. Car tout occupée par le fantasme d'un retour à Misserghin, je n'avais pas envisagé la possibilité d'une visite à l'appartement d'Oran, et je pensais que c'était pareil pour mon père.

Sans doute serions-nous venus nous promener, au cours de ces trois jours, dans l'ancien quartier de Miramar, et aurions-nous contemplé l'immeuble de loin, mais nous n'aurions pas fait davantage. D'ailleurs si nous étions juste tous les deux, il nous serait impossible d'entrer dans l'immeuble, de monter les trois étages et de frapper à la porte de gauche sur le palier, trop terrifiés à l'idée que quelqu'un nous ouvre, à qui nous devrions alors nous présenter, raconter toute notre histoire. Nous serions incapables de faire cela, et je ne doute pas une seconde que nous aurions parcouru tous ces kilomètres pour rester sur le trottoir. Mais Amine traverse la rue et s'engouffre déjà dans le hall.

Depuis que je vis à Paris, j'ai eu de nombreuses adresses, presque toujours dans le IXe arrondissement. L'une d'elles était située rue Condorcet, ce qui n'a rien d'extraordinaire quand on songe au nombre de lieux, artères ou établissements scolaires portant en France le nom du marquis mathématicien, néanmoins il était troublant que, sur les trois mille six cents et quelques voies que compte la capitale française, je tombe sur celle-là.

Cela n'avait pas échappé à ma grand-mère, qui s'était exclamée au téléphone quand je lui avais donné mes nouvelles coordonnées, *mais ma fille tu sais comment s'appelait la rue où nous habitions à Oran ?*

À l'époque je l'ignorais, ou bien je l'avais oublié, à la fois parce que l'Algérie pour moi se résumait encore et toujours à Misserghin, et parce que l'Algérie, je ne voulais plus en entendre parler. J'étais dans une phase de désamour, liée à un sentiment trouble dès qu'il était question des origines pied-noires de ma famille, proche de la culpabilité. J'avais vu ou lu trop de documents sur la conquête, la période coloniale, la Seconde Guerre mondiale et bien sûr les fameux « événements », pour ne pas me sentir en décalage total avec les merveilleux récits de ma grand-mère qui avaient enchanté mon enfance et continuaient malgré moi d'embellir ma vie d'adulte.

Où était la vérité ? Dans quelles larmes ? Entre quelles images, quelles scènes ? Ma famille décrochant précipitamment le portrait de Pétain du mur de la salle à manger à l'arrivée des Américains en 1942 ? Ma famille jetée sur un bateau quittant la rade d'Oran en 1961 ? Ma famille, toujours du mauvais côté de la barricade.

J'ai pourtant un grand-père du bon côté, le père de ma mère, Italien du Frioul, communiste, exilé après 1922 parce que opposant aux fascistes, quelqu'un de bien, qui en a bavé toute sa vie, mal accueilli en France lui aussi, maçon dans des carrières près d'Auxerre mon grand-père, qui s'est copieusement fait traiter de rital pendant des années, mais je ne sais pourquoi P. revient toujours à l'Algérie, c'est cette branche-là qui le fascine. Dans les lettres qu'il m'écrit, il évoque mes « *hanches kabyles* » et mon « *sexe qui sent la terre des Aurès* ». Il dit aussi qu'il n'est « *pas très doué pour la réalité* », cite Dylan Thomas, Tarkovski et même Lorenzo Da Ponte, je décortique chaque mot, expurge toutes les références, surinterprète n'importe quoi, j'ai mal au ventre quand la lettre n'arrive pas, une phrase me ravage, une autre me redonne un espoir imbécile.

Il écrit qu'il est sûr que « *du sang arabe coule dans tes veines* » et je souris avant de lui répondre qu'il confond un peu tout, parce que je sais que ce sont des compliments dans sa bouche, parfois j'ai même la faiblesse de penser que c'est peut-être de l'amour, et j'aime bien ça.

La cage d'escalier est restée dans son jus, on dirait qu'elle n'a pas été rénovée depuis des dizaines d'années, avec sa mosaïque dans les tons bleus, largement écaillée par endroits. Je ne peux m'empêcher de jeter un œil aux boîtes aux lettres en fer, comme si j'allais découvrir un nom familier m'apportant la preuve que tout ce qu'on m'a raconté depuis mon enfance est bien vrai et s'est réellement produit à cet endroit du monde dont je n'entends jamais parler sans frémir.

Mon père suit Amine en silence sur les marches qu'il a dû fouler des milliers de fois, depuis ses premiers pas à l'âge de deux ans et quelques, fermement agrippé à la main de ses parents, jusqu'aux derniers jours, quand il a seize ans et demi et apprend qu'il va falloir quitter tout cela,

Condorcet, Miramar, l'école, les copains, les cours de dessin, les professeurs, une jeune fille qui ne lui déplaît pas – je ne sais rien de la vie amoureuse de mon père –, sa chambre en angle au fond de l'appartement, son équipe de foot, Oran, la mer, les bruits, les odeurs qui ont imbibé son existence jusque-là, tout, y compris cette marche cassée au deuxième qu'il a pris l'habitude d'enjamber sans même s'en rendre compte, pour le froid et l'hiver d'une ville qui s'appelle Dijon, n'évoque rien pour lui, et où il sait juste qu'ils vont s'installer dans un premier temps, comme des fugitifs, hébergés par une cousine de son père.

Jusqu'au dernier jour, quand c'est lui, peut-être, qui tient sa mère par le bras et l'aide à descendre.

Il ne dit rien mais ça doit défiler à toute allure dans sa tête, ça doit revenir à gros rouleaux et s'éclater avec fracas contre tous les barrages qu'il avait élevés entre son enfance et lui. Ça doit faire un sacré bruit là-dedans.

Mes grands-parents sont partis en janvier 1961, soit plus d'un an avant l'Indépendance.

C'est bien que de ce côté-là de la Méditerranée les choses commençaient à tourner différemment et que leur avenir à Oran se présentait sous un jour moins assuré. C'est bien qu'ils n'étaient ni sourds ni aveugles et avaient parfaitement saisi ce qui était en train de se passer en Algérie où bientôt, pressentaient-ils, ils n'auraient plus leur place, même si des années plus tard ils soutiendraient le contraire.

Je ne leur ai jamais demandé de me raconter leur dernière traversée. Je n'ai pas osé. Ma grand-mère aimait répéter qu'elle avait effectué dix-huit fois dans sa vie le trajet entre Oran et Marseille, Toulon ou Port-Vendres, à bord de ces gros bateaux qui mettaient trois jours, par tous les temps, pour relier l'Europe et l'Afrique, et il fallait déduire neuf allers-retours.

Avant la guerre, avant de rencontrer mon grand-père, elle avait eu la chance de séjourner à deux ou trois reprises sur le territoire métropolitain, invitée par des connaissances. C'était, pour quelqu'un de sa condition, un véritable privilège, quitter un temps le village, prendre le bateau et gagner l'autre rive, cette France qui, pour la plupart de ses camarades d'école de Misserghin, ne serait jamais représentée que par des cartes accrochées sur les murs de leur classe, et dont elle était capable encore, à quatre-vingt-treize ans, de réciter par cœur, département par département, les préfectures et les sous-préfectures telles qu'on les lui avait enseignées enfant.

Une fois mariée à Paul, elle a accompagné celui-ci lorsque, de temps en temps, il rendait visite aux siens dans sa ferme natale de Haute-Marne. C'était toute une expédition, ça prenait des jours, le bateau, le train, et quand ils arrivaient enfin là-bas, à Reynel, où l'on croyait dur comme fer la côte africaine encore peuplée de girafes, de singes et de lions, on regardait Antoinette avec un mélange de curiosité et de frayeur.

Ma grand-mère évoquait souvent un jeune homme désespéré qu'elle avait vu passer toute une traversée à jeter de petits bouts de papier dans la mer. Cette scène l'avait marquée car elle me l'a souvent racontée, ce jeune homme si triste avec ses lettres ou poèmes, d'amour très certainement, déchirés, éparpillés sur les flots, tant et si bien qu'au bout d'un moment je hochais la tête sans écouter, et je n'arrive plus aujourd'hui à me souvenir avec certitude si, à la fin, le malheureux s'élançait par-dessus bord. Je crois que oui. Et que le bateau tournait trois fois sur lui-même dans l'espoir vain de le repêcher avant de poursuivre sa route.

Sauf que ma grand-mère se trompait. Elle n'a pas pu effectuer la traversée dix-huit fois, mais dix-sept ou dix-neuf. Un nombre impair, forcément, car le dernier aller fut sans retour.

Amine a frappé à la porte, il semblerait qu'il n'y ait personne. On n'entend aucun bruit à l'intérieur de l'appartement et je ne suis pas loin secrètement de m'en réjouir, ce qui est à la fois paradoxal quand on songe que nous sommes venus pour cela, pour franchir le seuil qui nous sépare du passé et affronter sa mise en images, et d'une logique absolue à l'égard de ma grand-mère qui, je le crois, pour rien au monde n'aurait aimé me savoir à deux pas d'ouvrir le coffre intime de sa mémoire et de découvrir que les lieux qui ont façonné toute sa vie pendant cinquante-deux ans sont dans la réalité bien plus petits et moins grandioses que dans ses récits.

Antoinette Montoya ne voulait pas que je sache qu'en Algérie elle ne menait pas du tout la grande vie.

Si élégante était-elle, en toutes circonstances, et ce jusqu'à la fin, jusqu'à ce jour où elle est tombée, terrassée par une attaque, à quatre-vingt-treize ans alors qu'elle balayait la cour de la maison de Dijon par le froid glacial d'un matin de janvier.

Si exigeante aussi, maniérée, capricieuse, épuisant les vendeuses des Nouvelles Galeries parce qu'elle prenait des heures à choisir les jouets qu'elle nous offrirait à Noël, demandant à tout voir, préférant évidemment la marque la plus chère, perchée sur ses talons, son écharpe en renard qui nous impressionnait tant, mon frère et moi, autour du cou, avec d'un côté la tête et de l'autre les pattes.

À Dijon ma grand-mère ne manquait pas d'allure, prenait les gens de haut, avait toujours les ongles faits et sa couleur dans les cheveux, des sacs à main en cuir à fermoir doré. À l'étage, je la regardais se maquiller devant sa coiffeuse à trois miroirs. Elle s'épilait intégralement les sourcils qu'elle redessinait finement au crayon, et cela me paraissait être le comble du raffinement. C'est elle qui m'a appris à appliquer deux gouttes de parfum derrière l'oreille, à la naissance des seins et dans le creux des poignets, pour le baisemain, précisait-elle, alors qu'on savait pertinemment toutes les deux qu'il y avait peu de chance que quiconque nous baise la main, ni à elle, ni à moi.

Mais en Algérie Antoinette Montoya était une fille de paysans, modeste femme au foyer, épouse d'un militaire peu gradé. À l'époque où elle vivait à la ferme, elle avait travaillé pendant une période assez floue dans une minoterie à Aïn Témouchent, localité voisine dont j'adorais entendre le nom dans sa bouche. À Oran, elle aurait, apparemment, été secrétaire quelque temps. Elle n'en parlait pas. Je l'ai appris très tard, en surprenant des conversations agacées entre mes parents au sujet de la retraite que touchait ma grand-mère, ou plus exactement qu'elle ne touchait pas car elle n'a jamais effectué de démarche ni demandé d'indemnités.

En janvier 1961, mon grand-père a accepté un poste administratif au ministère de la Défense à Paris, tandis que ma grand-mère et mon père débarquaient à Dijon, a priori pour un temps seulement, chez une cousine éloignée. Paul Plantagenet dormait dans une chambre de bonne de la capitale la semaine et rejoignait en train sa femme et son fils le week-end. Quand l'armée a été terminée, il a été obligé de retrouver un emploi car sa seule retraite ne suffisait pas à leurs besoins. Il a alors travaillé pendant de longues années dans une usine d'équipement pour l'agriculture dans la banlieue dijonnaise. Il y travaillait encore quand j'étais petite. Il rapportait parfois des stylos avec le logo de l'entreprise. La cousine était partie depuis longtemps. Mes grands-parents n'ont jamais quitté la maison de Dijon.

Alors que nous sommes prêts à redescendre, Amine insiste et frappe à plusieurs reprises comme s'il savait pertinemment que la porte de cet appartement devait s'ouvrir et qu'il ne pouvait en être autrement. Nous n'avons croisé personne dans l'escalier, perçu nul signe de vie particulier à travers les murs, pas plus que dans la rue où, à part les trois petits garçons, il ne semble pas y avoir âme qui vive. C'est l'heure déserte, l'heure où dans les pays chauds tout se fige et se suspend.

Soudain on entend comme un frottement sur le sol, d'abord lointain puis se rapprochant de nous. La porte s'ouvre lentement et dans l'encadrement apparaît un monsieur, des patins aux pieds. Il doit avoir une dizaine d'années de plus que mon père, le crâne largement dégarni, il porte une chemise bleue sur un pantalon clair et nous regarde avec interrogation et une pointe d'inquiétude, tandis qu'Amine entreprend de lui expliquer la situation, dans un mélange d'arabe et de français, c'est-à-dire qui nous sommes et pourquoi nous sommes là.

Mon père et moi, retranchés derrière lui, nous sourions du mieux que nous pouvons pour montrer nos bonnes intentions, crispés tout de même, parce qu'il est évident que parmi la masse de sentiments contradictoires qui nous submergent à cet instant, la culpabilité en ce qui me concerne occupe une large part sans que j'arrive à comprendre pourquoi et quelle faute je regrette d'avoir commise.

Le petit homme repart quelques secondes à l'intérieur de l'appartement, puis il revient et nous invite à entrer. Il fait sombre dans l'entrée exiguë à cause des volets clos qu'une dame un peu forte, probablement son épouse, dans une robe noire à minuscules motifs blancs, est en train d'ouvrir à la hâte, découvrant peu à peu des pièces très réduites. Je ne sais pas à quel moment j'ai compris que mes grands-parents, en Algérie, étaient pauvres.

La dame a les cheveux cuivrés et cette carrure dans le visage et les épaules qui me renvoient aussitôt aux femmes de ma famille, à leurs silhouettes acajou, charnues, épaissies au fil des ans. Les mêmes yeux noirs, les traits rugueux, adoucis par la rondeur de l'âge, la façon de se tenir bien droite dans sa robe à manches courtes, le menton légèrement en avant.

Quand j'étais petite et qu'elle trouvait mes cheveux noirs trop longs, trop bouclés, ma grand-mère disait *tu n'es pas belle comme ça* et, comme je ne réagissais pas, elle cherchait un argument plus fort, plus implacable, plus blessant, et finissait par ajouter *on dirait une Mauresque*. Alors elle m'emmenait chez le coiffeur sans demander l'autorisation à personne et me faisait couper les cheveux au carré, un carré lisse et morose, avec une frange affligeante. Ma mère, lorsqu'elle découvrait ça, était furieuse, mais elle n'élevait jamais la voix contre Antoinette Montoya, elle n'osait pas et c'était de toute façon inutile car ma grand-mère aurait eu le dernier mot. Néanmoins dans la voiture, pendant le trajet de retour à Troyes, ma mère disait ce qu'elle en pensait à mon père, à sa façon à elle, sans éclat de voix ni scène de ménage, toute sa colère rentrée.

La seule qui a réussi à la faire sortir de ses gonds c'est moi, quelques années plus tard, adolescente et insolente au possible, mais à l'époque où ma grand-mère profitait que je séjournais chez elle pendant les vacances scolaires pour me faire ratiboiser les cheveux, ma mère se contentait de secouer plusieurs fois la tête pour montrer qu'elle n'était pas contente et après un certain nombre de kilomètres, les yeux fixés sur la route, elle lâchait *ta mère quand même elle exagère*. Comme d'habitude mon père ne disait rien.

Nous voici tous comprimés dans l'entrée, les présentations effectuées, il y a une gêne de part et d'autre les premières minutes,

111

nous nous excusons d'arriver à l'improviste, ils s'excusent d'être pris au dépourvu et de n'avoir pas grand-chose à nous offrir mais nous prient de bien vouloir accepter de prendre le thé avec eux, tout le monde parle en même temps, alors qu'Amine se place légèrement en retrait et sort peu à peu de la conversation, et de l'image.

On passe dans un tout petit salon, on s'assoit autour d'une table basse et la dame s'empresse de nous servir un thé à la menthe accompagné de plusieurs pâtisseries colorées, très sucrées, qui sentent la pâte d'amande et la fleur d'oranger.

Cet endroit était également la pièce à vivre de mes grands-parents, les deux autres pièces étant à l'époque occupées par les chambres. C'est là qu'ils recevaient les rares visiteurs qui se présentaient à eux, c'est-à-dire exclusivement les frères de ma grand-mère flanqués de leurs épouses et enfants respectifs, jamais d'étrangers, et Antoinette Montoya sortait son grand jeu, sa ménagère en argent et sa plus belle vaisselle, en vouvoyant ses belles-sœurs.

Le petit monsieur et son épouse écoutent religieusement mon père, acquiesçant avec énergie à tout ce qu'il dit. Ils répètent plusieurs fois qu'ils sont arrivés dans cet appartement, et même dans ce quartier, après l'Indépendance, insistant lourdement sur le fait qu'ils n'ont pas connu mes grands-parents et ne se sont pas installés chez eux dans l'heure qui a suivi leur départ, n'ont pas profité de l'aubaine qu'ont représentée alors pour les Algériens tous ces logements désertés jour après jour par les Européens, pour la plupart équipés et meublés, qu'ils n'ont rien à voir avec tout cela.

On sent que ça leur tient à cœur de nous le préciser, comme si nous étions là pour leur demander des comptes, de quel droit ils habitent ici, qui les a autorisés à entrer, comme si nous étions venus exiger quarante ans plus tard qu'ils nous rendent les affaires que mes grands-parents n'ont pas pu emporter et ont abandonnées.

Mon père raconte des anecdotes, il dit :
— Ici il y avait ceci ou cela... Ta grand-mère avait l'habitude de...

Et la dame aux cheveux cuivrés approuve en hochant la tête d'une manière respectueuse.

Il évoque des endroits du coin qu'ils fréquentaient, où ils faisaient leurs courses :

— Le marché Michelet... à deux rues d'ici, mais ça n'existe peut-être plus et ça ne s'appelle plus ainsi...

— Mais si, bien sûr, le marché Michelet, on dit toujours comme ça, et la rue Condorcet aussi.

Il parle, mon père, n'a plus peur de parler, il est fatalement chamboulé de se retrouver propulsé là, tout doit se bousculer en lui, le souvenir des choses disparues et la certitude aiguë de leur disparition, ce sentiment déchirant que j'ai éprouvé quand je suis retournée quelques mois après la mort de mes grands-parents voir la maison de Dijon et l'ai découverte envahie par le lierre et le liseron. Ce sentiment décuplé sans doute chez lui, car dans son cas la séparation fut rapide et brutale, alors que j'ai eu des années pour me préparer non seulement à perdre mes grands-parents, mais à emmagasiner des provisions de souvenirs.

Alors quand je revois les lieux où ils ne sont plus, où je n'existe plus davantage telle que j'étais, je peux aller puiser dans mes réserves, tandis que mon père doit se

114

contenter depuis des décennies du peu qu'il a réussi à prendre avec lui à la hâte en janvier 1961. On n'est pas égaux devant l'exil.

Après le thé, je demande s'il est possible de faire des photos sur les deux balconnets donnant rue Condorcet, mon père seul, mon père et le monsieur à la chemise bleue, moi seule, avec la mer et des palmiers à l'arrière-plan. La dame, je n'ose pas.

À cet instant, je m'aperçois que la seule photo que j'aie jamais vue de cet appartement, avec ma grand-mère et mon père, qui devait avoir dans les seize ans parce qu'il était déjà bien plus grand qu'elle et portait une cravate, a forcément été prise au cours des derniers mois, qui sait des derniers jours avant le départ, et pourtant ils souriaient, comme ils souriaient tous deux à l'objectif ! J'ai envie de réaliser exactement le même plan, le même angle, sur le même balcon minuscule et blanc à la forme triangulaire si particulière, je me demande bien pourquoi, à qui j'ai l'intention de montrer ces clichés, à qui ce décor pourrait encore évoquer quelque chose, à part nous. Même P. qui sait tant de moi, la part d'ombre qui m'engloutit parfois et que personne à part lui n'a jamais vue, n'entrera jamais dans ce cadre-là.

Puis les gens proposent de monter sur le toit, ces grands toits plats où se trouvent en général dans les pays méditerranéens les appareils de climatisation et de longs fils à linge, qu'on voit également partout en Andalousie et qu'on appelle là-bas des « azoteas ».

La vue est magnifique, des palmiers surgissant d'entre les tuiles ocre, les habitations blanches, on distingue nettement une partie du port d'Oran et la mer à l'infini. Ma grand-mère m'avait parlé de ce toit, ça me revient alors, il lui est donc arrivé quelquefois d'évoquer cet appartement et même cet endroit en particulier où elle venait étendre le linge. La dame aux cheveux cuivrés me confirme qu'elle fait aussi sécher là sa lessive, comme toutes les autres femmes de l'immeuble.

La mer est si près. On a l'impression qu'il suffirait de tendre le bras pour mettre les doigts dans l'eau. Curieusement jusque-là je n'en avais pas vraiment eu conscience.

Cette fois on prend des photos tous ensemble, à l'intérieur c'était trop intime, et j'insiste pour qu'Amine se joigne à nous devant l'objectif, je ne voudrais pas qu'il soit systématiquement celui qui se situe hors champ, notre chauffeur, notre guide et notre homme à tout faire.

La dame et le monsieur posent exactement de la même façon, les bras repliés, les mains jointes contre leur ventre. Le ciel n'en finit pas d'être bleu. Tout le monde sourit mais semble un peu gêné. C'est peut-être parce qu'on a le soleil en plein dans la figure.

La nuit, les dernières semaines avant de quitter mon mari, j'allais regarder mon enfant qui dormait, ses bras repliés, ses petits poings fermés contre sa tête entre une marée de peluches, roulé en boule dans son lit à barreaux. « *Le couple c'est fini pour moi*, m'avait écrit P., *je n'ai plus de goût pour la confusion.* » Ce n'était pas une posture, il était très sincère quand il écrivait cela, c'était un homme content de vivre seul, sans engagement, il avait été marié, avait des fils déjà grands. Il avait survécu à un cancer. Désormais il voulait de la légèreté. Je rêvais

117

d'une maison à la campagne, remplie d'enfants.

La dame aux cheveux cuivrés et le monsieur chauve à la chemise bleue nous disent au revoir avec beaucoup d'effusion, même si manifestement ils sont soulagés de nous voir partir. On leur demande leur adresse pour leur envoyer un double des photos et garder le contact.

Les petits garçons nous raccompagnent jusqu'à la voiture, le quartier semble s'éveiller peu à peu, c'est la fin d'après-midi du premier jour.

On passe rapidement à l'hôtel, établisse-
ment confortable et impersonnel truffé
d'hommes d'affaires, situé un peu plus haut
dans Miramar, où l'ami de l'ambassadeur
nous a réservé deux chambres. Je suggère
à mon père de se reposer un moment, la
journée a commencé tôt et je ne serais pas
loin d'estimer qu'elle a déjà atteint son
quota d'émotions et de satisfactions. Quoi
qu'il arrive à présent notre voyage ne peut
plus être un échec total, si la déception doit
survenir il y aura toujours eu la magie pro-
digieuse de la rue Condorcet.
Mais mon père n'a aucune envie de s'enfer-
mer dans une chambre d'hôtel ne serait-ce
qu'une heure, la ville, la mer, le soleil, cette
architecture qu'il reconnaît instinctivement,
qu'au fond il n'a jamais pu oublier, lui insuf-
flent une énergie inépuisable. Il n'a pas envie

de s'arrêter, au contraire, il veut être dehors, ce besoin qu'il a toujours eu et que je comprends maintenant, quand même en plein hiver il préférait sortir de la maison et faire le tour par le jardin pour se rendre au garage plutôt qu'emprunter l'escalier intérieur.

Il veut s'enfoncer dans le centre qui n'est pas si loin à pied et marcher, marcher jusqu'à la nuit. Il annonce à Amine qu'il peut nous laisser pour la soirée s'il le souhaite, on se débrouillera sans problème tout seuls, on ne risque pas de se perdre, il sait parfaitement où nous sommes, Oran, il connaît comme sa poche.

— Non, avec plaisir vraiment, je vous accompagne, répond aussitôt Amine avec un sourire.

Je le soupçonne d'être payé aussi pour nous talonner et faire en sorte qu'il ne nous arrive rien, l'idée étant qu'on reparte d'Algérie enchantés, sans faire d'histoires. Amine est en réalité notre escorte. Qu'importe, c'est un bon garçon, même si largement désœuvré, et ces trois jours qu'on lui a ordonné de passer en notre compagnie constituent sûrement pour lui un rare divertissement à son ennui quotidien.

120

Mon père a choisi d'accélérer le temps.

Bientôt nous sommes au cœur d'Oran, avec ses trottoirs au dallage si particulier, à plusieurs couleurs et motifs géométriques, et ses palmiers majestueux dont le tronc est peint en blanc. Ce n'est plus la lenteur murmurante de la rue Condorcet, ça grouille de monde, de gens dans leur grande majorité habillés à l'occidentale, de filles en jean parfois voilées, parfois pas, de vieux messieurs qui discutent assis sur un bout de banc.

Tout bouge, les gens autour de nous et nous dans le vieux centre, devant l'ancienne cathédrale, l'hôtel de ville. Nous prenons quantité de photos, scènes de rue, piétons de dos, voitures, bus, enseignes, devantures, drapeaux vert et blanc à croissant rouge flottant parfois aux fenêtres, le ciel est encore bleu même si le jour décline.

Nous sommes cette fois passés de l'autre côté de l'écran, mais mon père et Amine n'avancent pas dans les mêmes images que moi, ne contemplent pas le même décor.

— La rue d'Arzew, déclare mon père, avait été rebaptisée rue du Général-Leclerc après 1945, mais personne n'a jamais pu se résoudre à l'appeler comme ça.

— Aujourd'hui encore on dit rue d'Arzew.

— Il y avait les Grandes Galeries, un cinéma...

— Le Régent.

— Oui, c'est ça, Le Régent. Là-bas, la place des Victoires, le boulevard Clemenceau...

Amine et mon père voient la première peinture, celle qui a été recouverte par des couches successives, ils traversent la toile pour atteindre le dessin originel, de manière très naturelle et sans effort, il est parfaitement normal pour eux, même pour le jeune Algérien, d'évoquer tel endroit invisible à nos yeux immédiats mais qu'eux semblent percevoir distinctement. Nous n'effectuons pas le même voyage.

La mémoire de mon père m'impressionne. Celle d'Amine me stupéfie. Ce n'est pas celle d'un garçon d'une trentaine d'années qui aime avant tout s'amuser et dont le caractère a priori joyeux n'a rien de nostalgique. En aucun cas il ne peut s'agir de ses propres souvenirs, on les lui a transmis. Il a reçu l'Algérie française en héritage, comme moi.

Au moment où le soleil se couche derrière le fort de Santa Cruz, nous sommes sur le front de mer, accoudés tous trois à la rambarde. Le port d'Oran s'étend à nos pieds et la Méditerranée paradoxalement paraît plus loin que du toit terrasse de la rue Condorcet. C'est une des particularités de la ville, cette zone portuaire très vaste et pas très jolie à regarder, aujourd'hui essentiellement industrielle, avec ses cheminées, ses plates-formes, ses containers, ses nombreux bâtiments liés à l'activité maritime, derrière laquelle la cité s'est construite, cette large bande infranchissable qui empêche tout accès direct à la mer et a fait écrire à Camus qu'Oran lui tournait le dos.

La lumière est douce avec des reflets mordorés presque violets. Il se passe un long moment où on ne dit rien, chacun dans ses pensées, même Amine solennellement se tait face à ce paysage qu'il a dû admirer des milliers de fois depuis sa naissance et qui possède forcément pour lui une autre puissance évocatrice que pour mon père.

On a tous vu ces archives montrant des familles entassées qui embarquent dans une confusion sans nom, des grand-mères en noir avec leur fichu sur la tête, des petits garçons hébétés en culottes courtes, des valises partout, des larmes, moi en tout cas je les ai vues, et malgré tout ce qui peut m'horripiler chez les pieds-noirs et fait que, lorsque le gouvernement français admet peu à peu les exactions et les crimes commis pendant la guerre d'Algérie par les autorités républicaines, et que les journalistes s'empressent d'annoncer que « *bien sûr les rapatriés s'insurgent* », je me désolidarise totalement d'eux, ces images de l'exil me font pleurer et je scrute au ralenti les visages un à un, cherchant quelqu'un que je connais.

À la fin, quand elle était allongée sur son lit d'hôpital, perchée sur une batterie invraisemblable de matelas et d'oreillers, tuyautée de partout, Antoinette Montoya, si inouï que cela fût pour quelqu'un qui avait souffert d'insomnies sa vie entière, passait quasiment tout son temps à dormir. Ses phases d'éveil étaient très courtes, de plus en plus espacées, et quand soudain elle revenait à la conscience, c'était pour dire des mots, des phrases, qui paraissaient sans queue ni tête mais en lien systématique avec l'Algérie.

Elle avait des tics pendant son sommeil. Son visage était parcouru de petites grimaces et souvent de sourires radieux, elle émettait régulièrement des bruits de bouche, fronçait le nez. C'était tout à coup une très vieille femme blanche et ratatinée, elle qui n'avait pas passé un jour de sa vie sans maquillage ni couleur dans les cheveux. Ça a duré des mois et je me rappelle avoir trouvé, après avoir accepté l'inéluctable et m'être résignée au fait qu'aucune guérison n'était possible, que c'était interminable, et j'ai eu honte d'éprouver cela, parce que ce qui était interminable était le temps que prenait ma grand-mère pour mourir.

Le temps qu'elle prenait pour accomplir sa dernière traversée, le retour manquant à son décompte. Antoinette Montoya rentrait au pays.

À Oran face à la mer, alors que le crépuscule se pose peu à peu sur nos cheveux noirs et que mon père, devant les navires qu'on aperçoit en bas, voit peut-être défiler des souvenirs longtemps refoulés, entend les questions qu'à lui non plus je n'ai jamais posées, je comprends que lorsqu'ils sont partis, les pieds-noirs sur les bateaux ont regardé la ville s'éloigner. Parce que c'était obligatoirement la rive qui reculait, pas eux.

Un jour j'ai cédé.

Dans l'ascenseur je tremblais, P. m'avait invitée chez lui pour le déjeuner, il avait préparé du poulet à l'aigre-douce, acheté des tulipes violettes qu'il avait disposées au centre de la table, il avait sans doute passé du temps à faire le ménage et à ordonner tant bien que mal les centaines de livres qui s'empilaient contre ses murs. Près du canapé, deux tasses avec soucoupes et un plateau de financiers nous attendaient pour le café. Je savais parfaitement que j'étais dans son appartement pour faire l'amour.

Je revenais de Dijon où ma grand-mère ne m'avait pas reconnue. Pire, elle m'avait prise pour une autre. J'avais eu beau lui affirmer que c'était bien moi, Anne, je m'étais même un peu énervée, j'avais mentionné des tas de souvenirs dont moi seule pouvais connaître les détails précis, elle s'était entêtée à me confondre avec une hypothétique fiancée de mon frère, et mon insistance désespérée pour prouver mon identité l'avait bien fait rire. Elle m'avait vouvoyée tout du long, *vous lui ressemblez, je ne dis pas, vous êtes jolie comme elle. Vous avez bien appris votre leçon, mais vous n'êtes pas ma petite-fille.*

Au retour, j'avais vomi dans les toilettes du TGV. Qui était celle qu'on prenait pour moi ? Étais-je à ce point devenue méconnaissable ? Moi-même, savais-je encore qui j'étais ? Je mentais depuis des mois. Peut-être depuis des années. Je m'étais toujours montrée exemplaire.

Un jeune homme en costume-cravate nous extirpe de notre méditation. Il a les cheveux aussi sombres que nous trois, mais la peau beaucoup plus mate, un visage extrêmement vif et joyeux. Il rentrait du travail, son attaché-case à l'épaule, sa chemise blanche à peine froissée, quand il a reconnu Amine de dos, tout étonné de le trouver là, accoudé à la rambarde face à la mer. C'est un de ses amis, il doit avoir son âge, c'est-à-dire le mien, et s'appelle

Mohamed. Il a ôté sa veste à cause de la chaleur moite qui stagne encore sur le front de mer.

Mohamed est un flot de paroles et d'exubérance. Dès qu'il apprend qui nous sommes et la raison de notre présence, il est intarissable, s'adresse sans cesse à mon père, à qui il prend le bras avec une familiarité que ne s'autorise pas Amine.

— Vous êtes chez vous, Paul. Je peux vous appeler Paul ? Vous êtes né dans ce pays, c'est aussi le vôtre.

On sillonne le front de mer tous ensemble. Mohamed, comme Amine, n'ignore rien des lieux que fait ressurgir mon père au croisement d'une rue, devant une vitrine, et dont il dresse une description scrupuleuse. Je les écoute parler à bâtons rompus, s'interpellant, s'interrompant régulièrement pour apparaître sur les photos tour à tour.

Mon père pose d'un air jovial à côté des deux garçons tout sourires, ils se tiennent par les épaules, mon père avec son appareil photo, sa banane en bandoulière, Amine sa chemise à carreaux, Mohamed son attaché-case, et le port à l'arrière-plan. Plus tard, Amine et mon père marchent devant, au loin, on aperçoit leurs silhouettes de dos côte à côte en direction de l'Aïdour qu'on distingue dans le flou du couchant. On dirait un plan de cinéma. Il y a peu de femmes. Un couple traverse au loin, elle en tenue traditionnelle des pieds à la tête, voilée, lui en bras de chemise, sinon nous croisons uniquement des hommes, seuls ou en groupes.

Il n'existe pas de photos de ma grand-mère sur le front de mer.

Les livres et les documentaires regorgent de tant d'images d'élégantes Européennes au temps des colonies, cheveux crantés et coupes à la mode de Paris, désireuses de faire oublier qu'elles sont loin de la capitale et passent probablement là-bas pour des provinciales attardées, que je pourrais sans peine l'imaginer au bras de Paul, à l'époque heureuse de leur installation rue Condorcet, quand il est rentré de la guerre et qu'elle s'est mise à jouer les dames de la ville, avec la Méditerranée comme voisine de palier.

Mais ce n'est pas elle que je vois, dans ces projections maladroites et jaunies. C'est une femme en noir et blanc, accoutrée comme dans les années cinquante, avec mon visage. Ma grand-mère est morte.

C'était au mois d'août 2003, quelques semaines après que je suis allée chez P. pour la première fois. On l'a inhumée sous un soleil de plomb, nous étions une dizaine. Sous prétexte de canicule et de vacances, la famille, ce qu'il en reste, à de rares exceptions près, ne s'est pas déplacée. Après l'Algérie, elle a éclaté, la famille, qui à Montpellier, qui à Pau, qui à Lyon, qui à Paris, qui à Dijon, éparpillés les descendants de Misserghin aux quatre coins du territoire, eux qui là-bas vivaient non loin les uns des autres, presque les uns sur les autres.

Au fil du temps et des décès, la diaspora pied-noire a cessé de se retrouver chaque été dans le Sud pour la paella traditionnelle du 15 août, avec anisette et kémia. Elle ne se réunit plus que pour les enterrements, et encore. Cet été-là, presque personne n'est venu pour celui d'Antoinette Montoya. Il y avait des mouches et quelques éventails, des fronts transpirants, des silhouettes voûtées, un vieux monsieur dévasté et très digne, en costume-cravate gris, mon grand-père, pas un nuage, on se serait cru à Oran. C'était Dijon, cimetière des Péjoces.

Mohamed propose d'aller boire un verre et manger un morceau dans un palace encore en travaux à la sortie de la ville, sur la corniche. Un vaste complexe de luxe appartenant officieusement à l'un des fils Kadhafi, d'après ce qu'il dit, une pratique répandue ici pour blanchir de l'argent.

En temps normal, mon père si raisonnable, mon père sans excès aucun, n'accepterait jamais de partir à l'improviste dans ce genre d'expédition un peu louche et suggérerait prudemment de rentrer à l'hôtel, au restaurant duquel on trouvera bien une soupe à avaler avant de se mettre au lit, mais nous ne sommes pas en temps normal et quelques minutes plus tard nous embarquons tous dans le 4 × 4 d'Amine en direction de la côte.

C'est un endroit très grand et très vide dont nous sommes quasiment les seuls clients, il y a une lumière froide, une atmosphère étrange, et alors que j'aurais mille fois préféré un café grouillant de monde au centre-ville avec du raï en toile de fond, j'éprouve pour la première fois depuis longtemps une sensation de bien-être total.

Nous sommes vraiment heureux à cet instant, je le crois, mon père et moi, en compagnie de ces deux jeunes Algériens qui ne nous veulent aucun mal et rêvent à voix haute de partir alors que nous nous réjouissons tout bas d'être là. J'ai envie d'envoyer un message à ma mère pour lui raconter cette victoire, comme je suis fière d'avoir bravé toutes les peurs et franchi la Méditerranée, d'avoir fait la connaissance de ces deux jeunes Oranais si sympathiques, auprès de qui ne se pose pas plus le problème de la responsabilité que celui de la vérité.

Je voudrais lui écrire qu'avoir parcouru ce chemin jusqu'à ce soir de septembre me délivre enfin de la honte des origines et me redonne l'orgueil de celles-ci. Mais mon téléphone ne fonctionne pas et je ne suis pas certaine que ma mère puisse comprendre ce que je ressens. Car si elle a souffert que son père soit pauvre et italien, si elle a rougi souvent parce qu'il était bourru et parlait le français avec un fort accent, il était avec les antifascistes, son père, avec les victimes, les oppressés, les défenseurs des droits de l'homme. Les anticolonialistes. Ma mère n'a pas eu à mal à l'Algérie.

Il fait nuit quand nous quittons l'hôtel. De la corniche, la vue sur la mer est impressionnante, c'est une page noire et immense, et je ne peux m'empêcher de penser que cette page est, à cette heure, exactement la même de l'autre côté. À Marseille, à Toulon ou à Port-Vendres.

Mohamed nous demande quel est notre programme pour le lendemain, si on a déjà décidé ce qu'on va faire.

— Bien sûr, répond mon père. Demain, on va à Misserghin.

C'est un petit village, auquel on accède après avoir traversé une partie de la sebkha, avec des maisons claires éparpillées entre les orangers, une église, une école (de garçons / de filles), une mairie, une place où ont lieu les fêtes et les bals, un cimetière un peu à l'extérieur abrité sous de hauts cyprès.

L'image que j'ai de Misserghin, contemplée des milliers de fois, c'est cette unique photo qui traîne dans ma famille depuis des décennies et dont l'angle est si étrange que chaque fois que j'ai tenté de la localiser par rapport à un plan ou à d'autres clichés de la commune dénichés dans un livre, je n'ai pas réussi à m'orienter. Elle est datée, comme l'invention de la clémentine à la fin du XIXe dans les jardins de l'orphelinat local. D'ailleurs, elle est en noir et blanc.

Tout au long de mon enfance, j'ai entendu l'histoire du frère Clément que Mémé, comme aimait le répéter ma grand-mère, avait bien connu puisqu'ils étaient voisins. C'était un motif supplémentaire de fierté, petite, d'avoir une ascendance non seulement qui venait d'Afrique, mais, pour couronner le tout, de l'endroit où a été inventée la clémentine. À la page presque vide consacrée à Misserghin sur Wikipedia, c'est le premier fait historique qui est mentionné.

Le deuxième (et dernier), c'est que Chérif Sid Cara, le maire de l'époque, a été un des rares soutiens algériens au putsch des généraux d'avril 1961.

J'ai beau savoir que mon Misserghin se situe ailleurs, c'est à l'arrière du 4 × 4 d'Amine, ce matin-là, que j'en prends vraiment conscience. Quand nous roulons sur une route qui n'est pas le chemin en terre cahoteux et poussiéreux que j'imaginais, tracé par les pionniers dans la grande dépression salée, mais la nationale 2 bien goudronnée en direction de Tlemcen, après que nous sommes passés sans ralentir devant les arènes d'Eckmühl – même mon père pourtant si aficionado n'a pas demandé à s'arrêter –, anxieux d'arriver au village, et que j'attends en vain de voir disparaître les constructions des deux côtés de la chaussée.

J'attends qu'on traverse un bout de campagne brûlée par l'été, car il y a dix-huit kilomètres entre Oran et Misserghin, que ma grand-mère a régulièrement parcourus, les dernières années sur le siège avant de la DS au côté de son mari, un foulard noué autour de la tête. Elle ne conduisait pas. Quand j'ai passé mon permis, elle m'a raconté que la seule fois où elle avait essayé, elle avait enclenché par mégarde la marche arrière et embouti légèrement le pare-chocs de la voiture. Cela avait été rédhibitoire. *Jamais de la vie*, avait-elle déclaré, *je ne toucherai plus un volant*. Et têtue comme elle l'était, Antoinette Montoya avait tenu parole.

J'attends de voir la terre jaune qu'on a aperçue la veille de l'avion, la terre de ce continent africain dont la wilaya d'Oran constitue l'extrême nord, mais la ville est toujours là, il semble impossible de la quitter, comme elle ne pouvait s'étendre vers la mer elle s'est étalée et continue de se répandre, à en croire les bâtiments en construction, en direction du sud.

Une fine bande de terre nue marque soudain une transition dans le paysage et, aussitôt après, un panneau tricolore, orange, jaune, blanc, apparaît sur le bas-côté, annonçant en arabe, en français et en anglais que nous entrons dans la commune de Misserghin.

La veille au soir, quand on a évoqué le village, Amine et Mohamed ont hoché la tête, l'air de dire qu'ils connaissaient, plus exactement qu'ils savaient où c'était, mais ils n'ont pas eu l'air plus émerveillés que ça.

Sur le coup leur réaction, je l'avoue, m'a un peu désappointée, car le nom de Misserghin a depuis toujours, en dépit de toutes mes contradictions, le pouvoir d'éveiller en moi quelque chose de très ancien et de féerique, et je prenais conscience soudain que pour deux jeunes citadins algériens de ma génération il désignait juste un bled des environs, sans attrait notable, sans fait reluisant hormis cette légende archirebattue de la clémentine qui les laissait, il faut bien dire ce qui est, poliment indifférents.

Voir ce nom écrit en lettres majuscules me fait quelque chose parce que, si j'en doutais encore, brusquement ça existe pour de vrai, c'est du concret, et vu la taille de la pancarte que j'imaginais davantage comme un rectangle à peine visible, c'est peut-être moins modeste que je ne le croyais.

Je demande à Amine d'arrêter la voiture pour prendre une photo. Le panneau seul. Mon père souriant, un peu tendu, à côté du panneau. *Welcome to Misserghin.*

La première fois que je suis allée chez P., après le café et les financiers, alors que nous avions attendu et repoussé ce moment depuis des semaines, nous n'avons pas réussi à faire l'amour.

Vite il y a des constructions partout, souvent inachevées ou en travaux, des maisons basses accolées les unes aux autres. Amine demande où il doit aller mais mon père secoue la tête, ce n'est pas comme la veille, cette fois il a perdu ses repères, il ne reconnaît rien de son village métamorphosé en banlieue limitrophe d'Oran.

On continue tout droit, des deux côtés les trottoirs sont pleins d'orangers qui cachent les habitations, on finit par déboucher sur une grande place rectangulaire et carrelée, ceinte d'arcades à l'andalouse, devant un bâtiment clair où flotte le drapeau vert et blanc de l'Algérie, et qui a tout l'air d'être la mairie.

— Je ne comprends pas, murmure mon père, si la mairie est là, c'est qu'on est dans le Village Neuf... L'église était à l'entrée, sur la droite en venant d'Oran, dans le Vieux Village. On a dû passer devant. Je ne l'ai pas vue...

Moi non plus je ne l'ai pas vue, l'église, et pourtant je la connais, sur la photo aérienne prise par mon grand-oncle Antoine elle est au premier plan, mince et blanche, avec son clocher pimpant, très haut, vers lequel semblent converger toutes les lignes. À l'époque elle se dressait presque seule au bord de la route, une unique maison se trouvait à sa gauche, puis c'étaient déjà les arbres et le grand terrain vague qu'il fallait traverser pour aller jusqu'à la ferme.

Soit nous sommes en effet passés devant sans la voir, ce qui paraît invraisemblable car, même troublés – mon père par l'expansion immobilière du village, moi par la colorisation de l'image –, comment aurions-nous pu ne pas remarquer une église, édifice a priori deux fois plus élevé que les autres constructions et très différent sur un plan architectural ? Soit elle a été détruite.

Nous sommes restés nus l'un contre l'autre, sur le canapé déplié, pleins de désir, impuissants. Criminels sans crime.

— Je fais demi-tour et on y retourne ? propose Amine.

Mais mon père tout à coup a une autre idée. Des panneaux de signalisation indiquent la direction des communes de Boutlelis et d'Aïn Témouchent, respectivement situées à 16 et 58 kilomètres du centre de Misserghin, et dont les noms qui revenaient régulièrement pimenter les récits de ma grand-mère appartiennent, dans mes souvenirs, au même répertoire pittoresque.

— Prends à gauche, ordonne-t-il à Amine. C'est la route du ravin. De la grotte. On n'a qu'à aller jeter un œil par là d'abord.

La grotte dont il parle, je sais que c'est celle de la Vierge. Il s'agit d'un sanctuaire dédié à Marie à l'endroit, surnommé le ravin, où aurait jailli une source miraculeuse au temps des premiers colons, à quelques kilomètres dans la montagne, dans la chaîne du Murdjadjo au pied de laquelle a été bâti le village, et où les habitants (européens) se rendaient à pied tous les ans le lundi de Pâques pour un piquenique géant familial et festif, avec kémia, paella, mouna et chansons.

Ceux de ma famille empruntaient un chemin différent, directement par la montagne sans passer par le village. Ma grand-mère me l'a expliqué des dizaines de fois, en pointant sur la photo la petite ferme que son doigt recouvrait entièrement, puis le relief qu'il fallait franchir pour atteindre le fameux ravin où se trouvait la grotte.

C'était déjà difficile de se repérer par rapport à une simple photo, je ne comprenais pas grand-chose à ce qu'elle me racontait, mais maintenant que je suis sur place, je suis complètement perdue.

Amine ignore à l'évidence cette histoire de grotte, et nous ne lui fournissons aucune explication, pas plus mon père que moi, mais il obtempère sans broncher.

On grimpe dans la montagne sur une route isolée, parmi une végétation foisonnante et magnifique. Il fait beau même si le ciel est moins lumineux que la veille. Personne dans la voiture ne dit un mot, on s'éloigne de Misserghin, de la ferme ou de son emplacement supposé. L'euphorie de la veille est retombée. J'ai l'impression que mon père a peur.

C'est comme ça qu'on a compris, P. et moi, un jour en semaine, à l'heure du café, que c'était de l'amour.

Il y a un peu plus de quatre ans, c'était le genre de route idéale pour se faire égorger. Depuis, différentes tentatives de réconciliation nationale ont eu lieu, la violence a cessé peu à peu, sans disparaître complètement dans certains coins isolés. Un référendum vient d'approuver à plus de 97 % une loi d'amnistie générale.

— On n'avait pas le choix, commente sobrement Amine.

Plusieurs fois par semaine, les informations en provenance d'Algérie faisaient état d'attentats, d'embuscades meurtrières, de faux barrages routiers virant au carnage. Les victimes n'étaient pas que militaires. C'étaient aussi des femmes, des enfants, des bébés, assassinés avec actes de barbarie.

144

Elle est belle leur Indépendance, répétait ma grand-mère en secouant la tête. *Tout ça pour ça...*

Dix ans de terreur et de massacres arbitraires, au cours desquels l'Algérie est morte une deuxième fois pour les vieux pieds-noirs de ma famille encore vaillants, les yeux écarquillés de consternation devant leur téléviseur. Ils ne comprenaient pas grand-chose à ce que débitait le présentateur du journal de 20 heures, entendaient des sigles, GIA, MIA, FIS, AIS, GSPC, dont ils ignoraient la signification et que de toute façon ils confondaient totalement, *des sauvages qui font alliance un jour et s'entretuent le lendemain.*

La guerre civile les confortait dans la conviction que tout était perdu, qu'il n'y avait rien à attendre de ces gens-là, comme ils l'avaient toujours su et crié alors qu'on les avait obligés à se taire et à faire profil bas, coupables de tous les péchés. *Quand tu penses que c'est nous qu'on a traités comme des criminels... On avait développé des routes, bâti des écoles, des hôpitaux... Maintenant ils assassinent même des moines, tu te rends compte ? Des moines.*

L'histoire, en leur broyant définitivement le cœur, semblait leur donner raison. Ils sont morts plus amers encore.

La route est défoncée par endroits, c'est d'ailleurs plutôt un chemin tortueux, mal goudronné, bordé d'arbres touffus aux feuilles grasses et luisantes, d'où émergent des palmiers.

Je cherche le fameux ravin dont j'ai si souvent entendu parler sans réussir exactement à comprendre comment la grotte de la Vierge pouvait se trouver à la fois dans une montagne et au fond d'une dépression, d'autant que nous continuons à monter en voiture et que je n'aperçois pas l'ombre d'un précipice. Mais, après un énième virage, un muret en pierres sèches, par endroits éboulé, apparaît sur le bas-côté, au bout duquel s'encastre une ruche géante à moitié effondrée.

— C'est là, dit mon père.

Amine stoppe le 4 × 4 un peu plus loin, près d'un dattier, et s'adosse à la portière, nous laissant avancer seuls vers la grotte, du moins ce qu'il en reste. Sur ce chemin de montagne silencieux, il est moins à son aise qu'en ville. Il doit se demander ce qu'on recherche précisément en venant contempler ce tas de ruines désolé, si on n'est pas masochistes ou carrément fanatiques. Le fondamentalisme religieux, il connaît, et c'est peut-être aussi pour cette raison, entre autres, qu'il n'a guère envie qu'on s'attarde dans les parages, même s'il ne l'exprime pas directement.

La grotte n'en est pas une au sens strict du terme, c'est juste une construction en pierres ocre, légèrement arrondie, qui s'élève encore tant bien que mal au bord de la route, borie couronnée par un œil-de-bœuf bouché, et flanquée de deux colonnes doriques blanches qui tiennent debout on se demande comment. La partie centrale, qui permettait de pénétrer dans la grotte proprement dite et d'accéder à l'autel, a été condamnée, murée. Par qui ? Les autorités algériennes ? Les pieds-noirs au moment du départ ? Les briques, badigeonnées d'un ciment bleuté, sont recouvertes de graffitis illisibles, mais une ouverture sauvage a été pratiquée par des gens qui voulaient entrer coûte que coûte, un trou dans le mur s'efforçant de dessiner une porte au-delà de laquelle tout est noir. L'ensemble est pathétique, il faut bien l'avouer.

Dans ma famille, du côté maternel, communiste et italien, les choses étaient claires et sans équivoque, on était athée ; du côté paternel, pied-noir et espagnol, on se prétendait plutôt croyant, bien que guère pratiquant, avec un rapport à la religion finalement assez festif et poétique, souvent plus proche de la superstition que de la foi, comme à Séville où j'ai vécu des années plus tard et où les rites sacrés ponctuent l'année, repoussent l'ennui, mettent du merveilleux dans un quotidien pas si excitant, et sont davantage une question d'habitude et de bienséance que de croyance inébranlable.

À Noël, mon père adorait installer une crèche qui s'étendait d'année en année avec des dizaines de santons de Provence plus ou moins anachroniques, où un simple berger pouvait croiser un vendeur de chorizos et des boulistes taper une pétanque à côté des Rois mages. Il nous lisait l'histoire de Marie et Joseph, nous emmenait parfois à la messe de minuit où on mourait généralement de froid tandis que ma mère se faisait porter pâle, mais c'était plus pour le côté magique de l'instant, et en dehors de cela on ne fréquentait pas beaucoup les églises.

J'ai tout de même été baptisée, j'ai fait mon catéchisme et ma communion solennelle. Je me suis trouvée atroce dans l'aube blanche, un cierge à la main, mais ça faisait tellement plaisir à ma grand-mère Antoinette qui avait un penchant indéniable pour les mises en scène grandiloquentes. Ma mère comme d'habitude a pris sur elle et, au fond, ça n'a posé de problème à personne, pas même à mon grand-père italien qui, refusant par principe d'entrer dans la nef, est allé attendre la fin de la cérémonie dans le bistrot d'en face. Étrangement, les deux branches de ma famille s'entendaient très bien.

Mon père passe une tête à l'intérieur de la grotte.

Il n'y a plus rien, qu'un morceau d'autel ébréché encore fixé dans la pierre.

— Il faut imaginer que les parois étaient couvertes d'ex-voto, explique-t-il. Il y avait une nappe blanche, des bougies. Les gens déposaient des offrandes autour. Beaucoup prétendaient que la Vierge de Misserghin accomplissait des miracles. Elle était célèbre dans toute la région, des sorties scolaires étaient organisées de très loin pour venir la voir. Et le lundi de Pâques, c'était la fête, toute la journée. Elle était là.

Alors que nos yeux s'habituent à l'obscurité et s'efforcent de s'accrocher à quelque chose, une forme se profile peu à peu dans la direction pointée par l'index de mon père, à l'emplacement où se trouvait la statue de la Madone, demeuré plus pâle que l'ensemble de la grotte, comme la trace d'un tableau sur un mur.

Voilà ce qui reste de l'Algérie de papa, une ombre au pochoir dans un pauvre sanctuaire abandonné, menacé d'éboulement.

— Mais il est où, le ravin ?

Mon père sourit.

— Le ravin, c'est ça.

Il étend le bras pour montrer le paysage, puis s'éloigne sur la route. Je sens Amine, quelques mètres derrière nous, hésiter sur la conduite à suivre, vaguement inquiet. Je lui adresse un petit signe. Ça ne durera pas longtemps, dans une poignée de minutes ce sera fini, et de toute façon il n'ira pas loin, mon père, mais là, tout de suite, à cet instant, il a juste besoin d'être seul, je crois.

En quelques semaines je n'arrivais plus à penser, à respirer sans P. Je trouvais mille subterfuges pour le rejoindre, prononçais son nom la nuit, ne cessais de me trahir.

J'arrivais en retard chez la nounou, le visage en feu.

Mon mari a compris très vite. Il a dit que c'était une toquade, un moment d'égarement, et qu'il était prêt à me pardonner. Mais qu'il fallait que j'arrête immédiatement toute relation avec P.

On est redescendus dans le village, on a fait la route en sens inverse et là, on l'a vue.

L'église blanche et majestueuse de la photo, s'élevant dans la campagne sèche au milieu des arbres et de rares toits aux vieilles tuiles. Où ont été baptisés les dix-sept membres de ma famille, dont mon père, qui sont nés à la ferme. Où les frères de ma grand-mère ont été enfants de chœur, sa nièce organiste, et où ont été célébrées les communions, la plupart des noces et aussi les messes d'enterrement de tous les Montoya morts à Misserghin avant 1962.

L'église où mes grands-parents se sont mariés le 31 juillet 1943, six mois avant que Paul reparte sur un bateau en partance pour l'Angleterre, laissant sans le savoir sa jeune épouse enceinte.

De ce jour, il n'existe aucune photo et j'ignore pourquoi, puisqu'il y a des clichés pris à des époques antérieures. C'était la guerre, une cérémonie toute simple à la campagne, une mariée miraculée, brune et déjà plus très jeune, en tout cas plus âgée que le marié, plein de taches de rousseur, les oreilles décollées, rejeté par la mer et sans famille présente. La différence d'âge entre eux était visible et peut-être faisait jaser, je l'ignore.

Les invités ne devaient pas être nombreux. Sans doute les a-t-on conviés à la ferme ensuite pour fêter cela en mangeant un morceau. Il n'y avait que le champ à traverser derrière, c'était facile et il faisait probablement très beau. On ne jetait pas de riz en ce temps-là sur les nouveaux époux. Je ne sais pas si ma grand-mère était en blanc, quelles petites mains s'étaient démenées à lui coudre une robe, quels pauvres trésors constituaient son trousseau, si elle avait une fleur dans les cheveux, si une joie intrépide dévorait son visage comme sur le Polaroid jauni où elle figure en pantalon, avec son chapeau et son chemisier blanc à lavallière, que mon grand-père gardait toujours sur lui.

Je possède une photo, par contre, du 31 juillet 1993.

Elle a été prise dans la cour de la maison de Dijon, juste avant que nous partions pour un bon restaurant de la ville retrouver quelques personnes de la famille, pour fêter les noces d'or de mes grands-parents. Ils sont collés l'un à l'autre, devant le parterre d'hortensias roses dont elle était si fière. Il la tient par l'épaule dans une attitude protectrice, ou possessive, assez émouvante, tandis qu'elle a ramené ses mains sur son giron, mains dont elle semble ne pas savoir quoi faire devant l'objectif, parce qu'on lui a demandé de rester immobile quelques instants, le temps de la photo justement, et qu'elle n'a pas l'habitude.

Elle sourit néanmoins, la tête penchée. Ce n'est pas aussi volontaire qu'à Misserghin, mais elle a cinquante ans de plus et supporte moins la chaleur. Lui ne sourit pas, il n'aime pas les photos. Pourtant il est heureux ce jour-là, Paul Plantagenet, avec son beau costume gris et sa chemise déboutonnée au col, il doit être midi et ça cogne fort, il a tombé la veste et attend la dernière minute pour nouer sa cravate. Il est heureux, avec son ventre bedonnant et son crâne dégarni, ses tempes toutes blanches, derrière les verres fumés de ses lunettes, parce qu'il a traversé un demi-siècle au côté de la femme qu'il aime et ne compte pas en rester là. Il n'y a d'ailleurs aucune raison que ça s'arrête. Elle porte des lunettes à la monture auburn, assortie à la couleur de sa mise en plis, une jupe beige plissée sous le genou qui enserre sa taille forcie avec le temps, et le beau chemisier à lavallière, à rayures bleues et blanches, qu'elle aimait tant, à manches longues, car elle ne montrait plus ses bras qu'elle trouvait trop épais. Elle affectionnait les chemisiers à lavallière. Il détestait les cravates.

À la fin du repas où nous étions très peu, il lui a offert une seconde alliance, toute sertie de petits diamants, cinquante ans après la première, qui était un simple anneau en or. Il la lui a passée à l'annulaire droit, en forçant au niveau de l'articulation à cause de l'arthrose qui lui tordait les doigts, néanmoins magnifiques.

Ils étaient beaux mes grands-parents ce jour-là. C'est dans ces mêmes habits qu'on les a enterrés dix ans plus tard.

L'église n'a plus de clocher, elle a été décapitée d'un coup franc et sans bavure, à présent elle est quasiment au même niveau que les bâtiments alentour, et c'est la première raison pour laquelle nous sommes passés devant tout à l'heure sans la remarquer. La deuxième, c'est précisément qu'elle est cernée de constructions qui ont poussé de toutes parts, là où sur le cliché aérien d'Antoine il n'y avait que des orangers et quelques habitations qui constituaient le Vieux Village, distinct du Village Neuf où se trouve la mairie.

Je ne sais pas ce qui déconcerte le plus. Le ciel bleu pétant à nouveau, dégagé de tout nuage, à la place du clocher tranché, ou l'urbanisation à outrance du décor.

Mon père est totalement désorienté. Il regarde l'édifice d'un blanc sale, dont les vitraux ont été brisés et murés, comme on s'en aperçoit en en faisant le tour avec Amine. Il contemple toutes ces maisons nouvelles surgies dans le champ où il jouait au foot enfant, ces poteaux électriques inexistants à l'époque, ces antennes paraboliques. Il n'a plus aucune référence. Seul un grand arbre, peut-être, à droite de l'église n'a pas changé.

— J'ai du mal à me repérer, admet-il.

Il esquisse un signe vague, désemparé.

— Par rapport à l'église, la ferme était là-bas... Mais je ne sais pas du tout comment on y accède aujourd'hui.

Amine suggère de reprendre la voiture et de rouler au pas en suivant une route qui s'enfonce dans ce qui ressemble à un lotissement.

Le 31 juillet 2003, mes grands-parents auraient dû célébrer leurs soixante ans de mariage. Ils auraient pu, ma grand-mère était encore en vie, et mon grand-père à ses côtés, qui l'aimait toujours aussi fort. Elle était plongée dans un profond sommeil, un coma qui s'était révélé intermittent les dernières semaines puisqu'à plusieurs reprises elle était revenue vers nous, mais qui depuis quelque temps semblait irréversible. Nous avions tous compris qu'Antoinette allait mourir, sauf Paul qui excluait cette possibilité et s'accrochait à sa femme comme sur la photo de leurs noces d'or dix ans plus tôt.

Il avait perdu la notion du temps, savait juste que c'était l'été à cause de la canicule qui frappait la France et tuait à l'hôpital les vieux comme des mouches dans les chambres alentour. Mais il n'a rien manifesté

157

ce jour plus qu'un autre, et personne ne lui a rappelé que c'était l'anniversaire de son mariage.

J'étais persuadée que ma grand-mère, dans le voyage de retour qu'elle avait entrepris depuis des mois au fil des attaques successives qui l'avaient terrassée, attendait cette date pour repasser enfin sur l'autre rive. Et chaque fois que je pensais à cette rive-là, je revoyais la photo aérienne de l'église avec son clocher pointu et sa flèche.

J'étais avec mon mari et mon fils dans le sud de la France. Nous passions des vacances douloureuses. J'avais rompu avec P., il y avait eu des scènes, je l'avais giflé, menacé, j'avais lancé un ultimatum. J'avais tant pleuré, *je ne comprends pas j'aime mon mari*, nue contre le corps d'un autre, et cet autre si insaisissable. Il m'avait fallu des mois pour admettre que la mort est un état irréversible. Pourtant j'avais rompu, moins sans doute pour donner une dernière chance à mon mari que pour faire réagir mon amant.

Tout m'insupportait, la chaleur, le soleil, l'accent du Midi, la foule sur les plages, tout ce que j'avais aimé enfant. Je m'efforçais de donner le change mais j'étais dans une telle dépendance que je devais me faire violence pour ne pas téléphoner à P. et courir le retrouver n'importe où. Je souffrais nuit et jour, personne n'était dupe. J'aurais tout plaqué pour un signe de lui. Il avait accepté ma décision, en cadeau d'adieu il m'avait envoyé une édition originale de *La Loi*, de Vailland, et une autre de la *Poétique de l'espace*, de Bachelard. « *L'habitude est un mot trop usé pour dire cette liaison passionnée de notre corps qui n'oublie pas...* écrivait-il dans sa dernière lettre, datée du 30 juillet. *Il n'est pour ainsi dire pas une phrase de "La maison de la cave au grenier" que je n'aurais envie de vous citer. C'est pourquoi je me permets, au mépris de toute bienséance, de vous adresser ce complément indispensable aux* Rêveries du repos. *Ne la jetez pas au feu, cher Ange, mon démon, avant d'y avoir fait quelques pas, Marceline y côtoie Rilke et Poe, et vous habitez à mes yeux chacune de ces pages.* »

Antoinette Montoya est morte douze jours plus tard.

J'ai quitté mon mari en septembre.

Ce sont des habitations construites à la va-vite, toutes sur le même modèle, accolées les unes aux autres, pour la plupart inachevées, sans peinture, qu'on devine éternellement en travaux. On les croirait inoccupées sans le linge pendu aux balcons, les paraboles sur les toits et ces enfants aux yeux noirs et vifs, pieds nus ou portant des sandales esquintées, qui traînent devant et nous suivent sur quelques mètres, intrigués par notre 4 × 4 dont les grosses roues soulèvent des nuages de poussière orangée.

Elle ne respire pas l'opulence, cette partie du Vieux Village de Misserghin, qui n'a d'ailleurs plus grand-chose d'un village mais tout d'une banlieue défavorisée. Chez nous, on appellerait ça une zone périphérique de logements précaires.

— Avant, il n'y avait rien ici, répète seulement mon père en haussant les épaules quand Amine lui demande s'il doit continuer.

Ce rien, c'était un champ autour duquel s'élevaient trois fermes isolées, noyées parmi les orangers. Celle des Montoya était la dernière, tout au fond. Une image de carte postale, paisible et champêtre. Je sais tout cela par cœur. Le décor a changé. Que sommes-nous venus faire ici ? En l'espace de quelques minutes, le ciel a pâli. Comment reconnaître la ferme, et surtout à quoi bon, si elle est encore là, puisqu'il n'y a plus ni champs ni arbres, que des maisons mal emboîtées, une route pleine d'ornières qui prend fin brutalement et laisse place à un chemin en terre défoncé ? Faut-il continuer, interroge une nouvelle fois Amine sans ouvrir la bouche, est-il vraiment nécessaire de revenir dans ces lieux pour passer de la nostalgie au deuil que le temps et l'histoire se sont déjà plus ou moins chargés de nous infliger ?

À cet instant, la question se pose légitimement même s'il est trop tard pour reculer. Nous sommes là, bien sûr qu'il faut continuer, il convient d'aller jusqu'au bout, de reconquérir ce qui reste de la pimpante

161

ferme originelle rattrapée par le béton, à la lisière d'un bidonville. Nous en avons déjà trop vu.

Bientôt il n'y a plus de chemin non plus et Amine stoppe la voiture. Nous sommes sortis de la zone résidentielle. Nous avons traversé l'ancien champ et nous voilà au pied de la montagne. Derrière nous, un grillage distendu à différents endroits semble délimiter un terrain où quelques orangers fatigués se dressent ici et là. Au fond, on aperçoit à côté d'un grand palmier un bâtiment délabré, qui a dû être blanc il y a longtemps, et que je prends pour un hangar, une réserve à outils, à cause de ses murs écaillés et de la tôle ondulée qui recouvre les trois quarts de son toit. Ça ne peut pas être ça.

Nous sommes tous les trois debout sur le chemin, les yeux scrutant l'horizon, cette mer de logis défavorisés. On ne l'aura donc pas retrouvée, la jolie ferme de la photo, bâtie par l'aïeul aux moustaches fournies, le père de ma grand-mère, le premier Montoya, celui qui ressemblait à Emiliano Zapata et qui est mort de la grippe espagnole en 1919. On avait envisagé qu'elle avait pu être démolie pierre par pierre, mais pas un instant, dans notre naïveté, que, sous le développe-ment colossal de Misserghin, la ferme ait pu être ensevelie sous l'expansion immobilière. Dans un sens c'est peut-être mieux ainsi et il ne vaut pas la peine d'insister, on ne pourra pas nous reprocher de ne pas avoir essayé. C'est fou comme le ciel est redevenu blanc.

Mon père s'est avancé jusqu'au grillage. Sa main tremble en montrant le hangar.

— C'est la ferme, dit-il. C'est *elle*, forcé-ment.

Dans les mois qui ont suivi la mort de ma grand-mère, quand j'ai entrepris ma petite tournée à travers la France pour interroger la poignée de vieux pieds-noirs de ma famille encore en vie, j'ai passé du temps auprès d'Antoine, qui était veuf et vivait à Montpellier depuis 1962 dans un apparte-ment tapissé de photos. À la différence de mon grand-père, qui se ratatinait dans le silence et ne se remettrait jamais du sale coup que sa femme venait de lui faire, mou-rir, le frère de ma grand-mère ne se faisait pas prier pour parler. À quatre-vingt-dix ans, Antoine portait toujours beau.

Il était grand, imposant, avec le côté massif des Montoya et des taches de rousseur, ses cheveux désormais clairsemés ramenés en arrière, à la gomina, comme il faisait au temps où il était aviateur. *Ton grand-père, ça a toujours été un doux. C'est son nom qui m'a plu. À la base, ils avaient affiché les listes des « métros » comme on disait, les métropolitains, qui se retrouvaient tout seuls pour Noël, Plantagenet, ce n'était pas banal. C'est comme ça que je l'ai choisi. Le Paul, avec ses cheveux roux et son air gentil, il détonnait à La Sénia. On est partis en car à la ferme, et Mémé, elle avait préparé des migas, avec de la mie de pain parce qu'on n'avait pas grand-chose en ce temps-là, c'était la guerre. Le pauvre Paul, il ne savait pas ce que c'était mais il n'a pas refusé, parce qu'il était bien élevé et tellement timide. Alors il n'a rien dit, il a commencé à manger et il a failli s'étouffer. Il est devenu tout rouge, il ne respirait plus, on s'est mis à lui taper dans le dos, Mémé voulait l'obliger à avaler du raisin pour faire couler, les migas c'était très sec et très épicé, un vrai étouffe-chrétien, il fallait avoir l'habitude. Tout le monde courait dans tous les sens, on s'est demandé s'il n'allait pas y passer, le pauvre. Après on en a bien rigolé, mais*

sur le coup ma fille je peux te dire qu'on n'en
menait pas large, avec ta grand-mère qui était
un peu à l'écart. Antoinette, elle se tenait tou-
jours en retrait, elle était farouche, tu n'ima-
gines pas. C'est la première fois qu'ils se sont
vus tous les deux, tu parles d'un coup de
foudre !

Antoine, contrairement aux autres, appar-
tenait à plusieurs associations de pieds-noirs
de la région Languedoc-Roussillon et
d'anciens combattants de la Seconde Guerre
mondiale avec lesquels il avait effectué le
débarquement de Provence. Comme tous,
il détestait de Gaulle, mais pire encore
Mitterrand. « *L'Algérie, c'est la France.* »
Celui-là, il s'est encore plus payé notre tête.

Il était raciste et ne s'en cachait pas, c'était
sa façon je crois de rester inconsolable. Il
savait qu'on ne partageait pas les mêmes
opinions lui et moi, et quand je lui ai avoué
mon intention d'aller à Misserghin, il m'a
juste dit, *à quoi bon ma fille, tu perds ton*
temps. Misserghin, c'est fini. Qui se souvient
encore de nous là-bas ? Ils ont tout effacé.
C'est comme si on n'avait pas existé.

Il était insomniaque, comme l'a toujours
été sa sœur, la seule qui ne faisait pas la

sieste à la ferme, regardait des feuilletons sentimentaux à la télé jusqu'au cœur de la nuit. *Qu'est-ce qu'on peut faire...*

D'entre les orangers des hommes soudain surgissent qui se dirigent vers nous. On ne les avait pas vus, on avait même l'impression que l'endroit était à l'abandon tant rien ne semble entretenu, pas plus le verger que la maison. Mais eux nous ont remarqués, ils ont aperçu la grosse voiture, ces étrangers au comportement suspect qui observent les lieux et, depuis quelques minutes, prennent des photos par-dessus le grillage sans demander la permission.

Ils sont neuf ou dix, des hommes assez jeunes, la trentaine, moustachus, avec des habits usés et des tongs aux pieds, ils marchent d'un pas volontaire, sans sourire, presque en fil indienne, suivis par deux petits garçons aux cheveux ras en tenue de sport.

— Je vais leur expliquer, dit Amine qui s'est raidi et se poste devant nous comme un garde du corps.

On ne bouge pas, mon père et moi, prêts à rendre des comptes, sûrs que nos intentions pacifiques nous autorisent à être là,

166

avec le sentiment pour ma part que, quoi qu'il advienne, rien ne peut nous atteindre, comme si on flottait. Je ne suis même pas certaine d'avoir peur.

Les hommes déplacent un piquet du grillage pour accéder au chemin où nous nous trouvons. Ils ignorent Amine et viennent droit vers mon père avec des mines peu avenantes.

— As-salâm 'aleïkoum, disent-ils.

— Wa aleïkoum salâm, répond mon père.

L'un d'eux, qui paraît mener les autres, s'approche de lui, le visage grave, le regard scrutateur. Il se plante devant mon père. Il est si près que leurs nez pourraient se toucher. Ils se regardent tous deux dans les yeux sous un silence de plomb. C'est une scène invraisemblable, un plan d'une lenteur interminable à la Sergio Leone. Personne ne sait ce qui va se passer, quel sera le prochain geste, la prochaine parole, si cet homme est là pour nous aider ou nous rejeter à jamais de cet endroit du monde.

Soudain il prend mon père par les épaules et dit :

— Montoya.

P. continue de voir d'autres femmes, les soirs où il ne vient pas. Ce doit être un mode de résistance au sentiment qu'il éprouve pour moi. La souffrance de la jalousie me ravage comme jamais cela ne m'est arrivé, elle prend la forme de l'autodestruction, de la violence, de la dépendance, je perds toute estime pour moi-même, fume des nuits entières, bois jusqu'à ce que ça tangue assez pour que je n'aie plus peur du noir et m'écroule sur la moquette de mon deux pièces.

Une amie à qui je me suis confiée me dit que ça ne peut plus durer, que je dois sauver ma peau et mettre un terme à cette relation délétère. La psychanalyste, que je consulte le vendredi après déjeuner depuis que j'ai quitté mon mari et qui somnole à moitié pendant que je pleure sur son divan, grommelle un jour que tout de même c'est hors du commun toute cette force, cette énergie entre P. et moi, ça signifie forcément quelque chose. Mon mari dépose régulièrement une rose devant ma porte. Il m'attend, dit-il.

Les femmes apparaissent bien après les hommes, alors que nous avons déjà effectué le tour du terrain en compagnie de ces derniers, et passé un bon moment dehors près des anciens bassins à discuter, plus ou moins avec l'aide d'Amine car peu d'entre eux parlent et comprennent le français, à prendre des photos et à commenter les vieux clichés que nous avons apportés. C'est une fois seulement qu'on entre qu'on les voit, ou plutôt qu'on perçoit le froufrou de leurs robes, le glissement de leurs savates sur le sol. Elles s'affairent en cuisine et nous laissent nous asseoir par terre autour de la table sans pénétrer dans la pièce, mais on entend leurs voix de l'autre côté et, régulièrement, une petite tête pointe qui se retire aussitôt, des yeux curieux de voir à quoi ressemblent les hôtes inattendus et redoutés que nous sommes.

Bientôt elles nous servent le couscous que nous mangeons avec les doigts. Je suis gênée d'être la seule femme autorisée à me trouver à table avec les hommes, parce qu'étrangère et invitée de marque, je surprends leur regard souriant quand elles viennent apporter ou retirer un plat, je ne manque pas de leur sourire à mon tour et, à la fin, elles m'entraînent avec elles. Elles ne parlent pas du tout le français, deux jeunes filles ont vraiment de beaux visages et sont très excitées par ma présence, elles tournoient autour de moi avec animation, me font comprendre que je ressemble à ma grand-mère, avec son pantalon noir, son chemisier à lavallière et son chapeau, assise sur le rebord du petit bassin dont elles regardent avec extase la photo. Je ne pense pas que ce soit vrai mais c'est leur façon de m'ouvrir les bras. Elles me donnent des chaussons, un tablier, une manique, des torchons, tout ce qu'elles peuvent trouver comme cadeaux improvisés dans la cuisine. Il n'est pas question que je reparte les mains vides.

À côté du salon où nous avons déjeuné, il y a une toute petite pièce aux murs peints en bleu dans laquelle pas mal de bric-à-brac est entassé, et quand mon père dit à un moment que c'est là qu'il est né, les hommes ont des gestes solennels, tout le monde se lève et il faut refaire des photos. Sur l'une d'elles, mon père tient contre lui un des enfants aux cheveux courts, en short et tee-shirt de sport, il a posé ses deux mains mates sur les épaules du garçon dont la tête s'appuie contre son ventre.

Ils ont la même couleur de peau, ils sourient énormément. C'est après le repas. Nous sommes beaucoup plus détendus même si je vis chaque seconde le plus intensément possible et n'en reviens toujours pas d'être là, dans cette fameuse ferme de Misserghin, certes largement moins majestueuse, moins somptueuse que dans les récits de ma grand-mère, mais où les occupants actuels nous fêtent comme des rois.

Je me demande ce que peut ressentir mon père. Un nœud très complexe et indémêlable, même pour lui. Surtout pour lui. Dans le jardin, laissé à l'abandon, sale et sec, et dont les trois quarts des orangers ont disparu, avant que nous entrions dans la maison il a glissé cette phrase à mon oreille, *heureusement que ta grand-mère n'a pas vu ça.*

Car il y a quelque chose de terrible dans cette vision de la ferme aux murs décatis, à la terre brûlée, avec les deux bassins d'irrigation qui faisaient la joie des enfants du temps de ma famille et qui, à moitié éboulés, ne servent plus aujourd'hui qu'à entreposer des tuiles. Quant au verger, qui nécessitait au moment de la cueillette d'embaucher des ouvriers en extra logés sur place, il n'est plus que l'ombre crasseuse de ce qu'il a été.

Mais c'est à cet endroit même, sur cette terre aujourd'hui desséchée, que mon père a marché pour la première fois, c'est sur la tommette fendillée à l'intérieur de la maison qu'il est né, et il a dû attendre quarante-quatre ans pour pouvoir le revendiquer sans honte à voix haute.

Après le déjeuner, au moment où nous nous retrouvons sous une pergola de vigne entre le bâtiment principal de la ferme et un autre plus petit qui lui fait face, l'ancien dortoir des ouvriers, explique mon père, un très vieux monsieur avec un chèche apparaît. Il y a des tapis colorés suspendus à des fils et un patchwork de mosaïque bleu ciel par terre.

— Mémé, ma grand-mère, faisait la sieste l'après-midi ici, à même le sol, sur une simple natte, dit mon père. Je ne l'ai jamais vue dormir autrement que comme ça, à cet endroit précis.

J'ai complètement oublié les plans qu'il a dessinés et que j'ai pourtant si souvent étudiés. Mais je crois qu'ils ne me seraient d'aucun secours car ils ne peuvent correspondre à ce que j'ai maintenant sous les yeux. J'ai peur soudain que la certitude que nous sommes venus chercher et qui s'offre à nous dans sa crudité n'efface toutes les images qui l'ont précédée. Peur que plus rien d'autre ne subsiste, que l'album que nous constituerons dès notre retour en France contienne désormais la seule réalité de Misserghin.

Ils sont de plus en plus nombreux autour de nous, sans cesse un nouveau venu jaillit de nulle part, qui rejoint le groupe. On ne comprend pas bien s'ils vivent tous là, on a mangé avec cinq ou six hommes, et ils sont dix à présent à vouloir figurer sur la photo avec mon père au centre, dix hommes, sept femmes, deux petits garçons et le très vieux monsieur au chèche qui tient à nous offrir des instruments de musique qu'il fabrique lui-même, flûtes et djembés, pour nous et les nôtres en France.

Tous les autres sont nés après l'Indépendance. Mon père est la première incarnation qu'il leur est donné de voir de l'époque coloniale, en tout cas la première qui les concerne directement, mais le vieux au chèche a vécu au temps des Français, il a connu Mémé, raconte-t-il à mon père. Est-ce que c'est parce que tout le monde au bled se connaissait alors ? A-t-il travaillé ici ? Dans ce cas, cela signifierait que les propriétaires actuels de la ferme sont les enfants des ouvriers de mon arrière-grand-mère.

Ce qui est certain, c'est qu'ils sont pauvres, plus encore que ne l'étaient les miens. Le délicieux couscous que nous avons partagé ne contenait que des légumes, je pense à celui que préparait ma grand-mère à Dijon, avec trois viandes différentes. Nous les avons surpris dans leur quotidien, ils n'ont pas eu le temps de cacher leur misère, de changer de vêtements, de courir s'endetter d'un bout d'agneau auprès d'un voisin. Ils nous ont donné tout ce qu'ils avaient.

Le vieux au chèche s'absente un instant et, quand il revient, il tient dans ses mains deux grandes cages à oiseaux.

— Josefa Montoya, répète-t-il en secouant la tête. Josefa Montoya.

Elles sont vides et oxydées, mais en très bon état, et mon père se demande comment il a pu oublier leur présence là, avant, car c'était le hobby secret de sa grand-mère, Mémé, que le gazouillis et le pépiement des chardonnerets et des serins aidaient à dormir.

Je vois son visage se décomposer, je pense qu'il va se mettre à pleurer, il ne l'a pas fait jusque-là, ni en marchant dans le jardin ni en entrant dans la maison, il pourrait très bien craquer devant les cages à oiseaux auxquelles il n'était pas préparé, mais il pose juste la main sur l'épaule du vieux. Je ne comprends pas comment il résiste à la violence des émotions que nous prenons en pleine figure de façon ininterrompue depuis que nous sommes arrivés.

Deux mois après avoir quitté mon mari j'ai de nouveau rompu avec P. Mais je sais que je ne retournerai pas en arrière. J'ai commencé à préparer mon voyage à Oran.

J'ai toujours entendu raconter que, lorsqu'il est revenu à Misserghin après la guerre, mon grand-père s'est présenté un jour au bout de la propriété où jouaient à ce moment-là plusieurs enfants. C'était en janvier 1946, il était parti depuis deux ans et les plus âgés qui l'ont vu ouvrir la barrière du fond n'ont pas reconnu cet homme qu'on n'attendait pas, en tenue militaire et barda sur le dos. Pendant qu'ils couraient dans la maison prévenir les femmes, Paul s'est avancé dans le verger vers un tout petit garçon que les autres avaient laissé là et qui tenait à peine sur ses jambes. C'était un bébé étrangement blond de dix-huit mois, et il n'a pas eu peur quand l'homme l'a pris dans ses bras et a commencé à l'embrasser.

À l'intérieur, les femmes étaient agglutinées derrière une fenêtre, et avant même que Paul étreigne son fils, qu'il voyait pour la première fois et avait instinctivement reconnu, Antoinette avait compris que son mari enfin était rentré et qu'elle allait quitter la ferme pour la ville.

C'est là que ça s'est passé. Avant de partir, je m'assois sur le rebord du bassin et croise les jambes comme ma grand-mère en 1942. Je demande à mon père de me prendre en photo. Les petits garçons qui m'entourent ne comprennent pas pourquoi je tiens absolument à être photographiée sur ce muret en ruine dont ils ignorent probablement quelle a été la fonction première, avec en toile de fond un tas de tuiles, des pierres éparses, des mauvaises herbes cramées, le béton des maisons voisines et un gros figuier de Barbarie pour seul élément de verdure.

Ils doivent trouver cela incongru et en éprouver une telle honte que l'un d'eux court dans le jardin arracher une fleur jaune, sorte de jonquille, et insiste pour me la donner, afin qu'il y ait au moins, grâce à cela, une touche de couleur et de nature dans le cadre.

Le ciel est blanc, c'est le début de l'après-midi.

Le vieux monsieur au chèche rapporte du poulailler un œuf qui vient d'être pondu. Il nous le tend, les mains tremblantes, avec humilité. Je ne sais pas s'il se rend compte que nous sommes à l'hôtel, sans aucune possibilité de cuisiner cet œuf et encore moins de l'empaqueter dans nos bagages pour la France, mais il n'est pas question de refuser, et c'est à cet instant que je pleure.

Ils nous raccompagnent tous à la voiture. Au total ils sont vingt autour de nous, hommes, femmes, enfants. L'homme qui s'était adressé en premier à mon père quand nous sommes arrivés ne cesse de brandir la petite reproduction du portrait de ma grand-mère que nous leur avons offerte. Les jeunes femmes sourient sans retenue, une adolescente m'envoie un baiser de la main, les plus âgées, qui portent des robes longues orientales, se serrent les unes contre les autres, plus timides. Deux d'entre elles ont encore un tablier noué autour de la taille.

Si depuis deux ans les pieds-noirs se sont mis à revenir en masse au village, comme ils nous l'ont raconté au cours du déjeuner, les habitants de la ferme s'étaient forcément dit que leur tour viendrait et qu'un beau jour ils verraient se présenter à leur porte, au sein d'une de ces délégations officielles qui avaient l'air de débarquer les unes après les autres à Misserghin au cours de voyages minutieusement organisés, trop heureuses de la bonne réception qui leur était faite, des membres de cette famille qui jusqu'en 1962 avait habité là et dont ils savaient parfaitement quel était le nom.

En revanche ils ne s'attendaient pas à voir arriver, sans prévenir, deux personnes seules et, au moins en ce qui me concerne, plus jeunes que la moyenne des groupes de rapatriés habituels. Mais une fois l'effet de surprise passé, tandis qu'ils nous regardaient au loin derrière le grillage contempler avec hébétude et désarroi l'ancienne propriété familiale, ils n'ont eu aucun doute sur notre identité.

Nous partons, ils restent. Ici, c'est chez eux maintenant. C'est peut-être pour cela que nous sommes venus, pour leur remettre symboliquement les clés, quarante-quatre ans après. Tout est en ordre. Une femme jette une bassine d'eau derrière nous, je ne distingue pas son visage, elle sourit.

On reprend la route du village, on revient sur la place de la mairie. Les rues sont quasiment vides, de temps à autre un homme surgit sur un trottoir, un tapis de prière sous le bras, se dirigeant à la hâte vers la mosquée sous la lumière pâle du ciel, soulevant une bouffée de poussière à chaque pas. Cette fois, on prend le temps de faire à pied le tour du centre, de se promener près des vieilles maisons aux couleurs passées de l'époque coloniale, jamais repeintes et plus ou moins décrépies, de photographier telle demeure dont mon père a connu les habitants, devant l'école et la fontaine. Ce n'est pas comme le matin, nous ne sommes plus des étrangers à Misserghin, nous avons cessé d'avoir peur.

Il est toujours aussi difficile pour moi d'imaginer ce que c'était du temps de ma grand-mère, des bals du 14 Juillet avec drapeaux tricolores et défilés de majorettes. Au fond c'est impossible et, contrairement à ce que j'ai cru jusqu'à maintenant, cela n'a aucune importance. L'important, c'est de se sentir parfaitement légitime d'être là et d'en avoir fini avec la honte.

C'est moi qui insiste pour le cimetière. Mon père n'y tient pas particulièrement, il est sans doute un peu sonné et a eu son compte en secousses pour la journée, il a envie malgré le ciel couvert de grimper jusqu'au fort de Santa Cruz pour admirer la vue sur la baie d'Oran. Mais tant qu'à être dans le village des origines, j'estime dommage de repartir sans passer par la tombe de l'arrière-grand-père espagnol qui a construit la ferme et est mort là alors qu'il n'avait pas trente ans, un an après être revenu de la Première Guerre mondiale où il avait combattu pour la France.

On le sait, les cimetières européens ont été laissés à l'abandon après l'Indépendance, beaucoup même ont été vandalisés, malgré tout ils demeurent le passage obligé et masochiste de tous les pieds-noirs effectuant leur pèlerinage de retour au pays, car s'il y a bien une chose qu'ils n'ont pu emporter dans leurs valises, source de douleur et de culpabilité, c'est la tombe de leurs morts. Après ils racontent les monuments saccagés, les plaques volées, le marbre pillé, et pleurent d'avoir livré à l'ennemi, enfouies à jamais dans la terre desséchée d'un pays qui les a reniés, les dépouilles des êtres qui leur étaient chers. Et ça fait plus mal, bien sûr, qu'un phonographe ou qu'une maie en merisier perdus. De ça, on ne se remet jamais.

C'est peut-être ce qui effraie mon père, après les moments apaisés que nous venons de vivre à la ferme, malgré son état de délabrement avancé. Mais c'est peut-être aussi, plus simplement, qu'il ne partage pas le goût que je peux avoir pour ce genre de lieux, pour lui macabres et surtout d'un vide abyssal, ce qui évidemment ne convient pas à un homme qui souffre depuis toujours du vertige.

Au contraire j'aime bien l'idée des morts restés pour toujours dans le sol d'Afrique, que les pieds-noirs, dans leur désespoir de tout reprendre à la terre où ils étaient nés, ont été obligés de laisser.

On tourne séparément depuis un moment déjà entre les stèles, la mémoire de mon père pourtant si fiable jusque-là est totalement brouillée. Peut-être y met-il un peu de mauvaise volonté, d'autant qu'il a fallu entrer par effraction, à la suite d'Amine, dans l'enceinte du cimetière dont l'accès semblait interdit, dans tous les cas il n'a plus la moindre idée de l'endroit où était située la tombe familiale.

Il y a de hauts cyprès, de grandes allées de terre rouge et des sépultures jadis uniformément blanches et désormais uniformément abîmées, sous un éclairage blafard et irréel.

Certaines tombes n'ont plus de nom. Dans ces conditions, notre quête semble, au fil des minutes, vouée à l'échec, et mon père me fait de loin un signe de lassitude. Il est prêt à renoncer quand Amine nous appelle. C'est lui qui a trouvé.

Il n'y a aucun doute, on peut lire encore distinctement FAMILLE MONTOYA sur la stèle. Amine ramasse des morceaux de marbre brisé sur lesquels des lettres apparaissent, que j'enfouis dans mon sac pour les rapporter en France. FAM. OYA.

Je photographie mon père près de la tombe et on repart.

C'est l'après-midi du deuxième jour.

Du haut de la colline de l'Aïdour, le port d'Oran semble recouvert du voile blanc qui s'est suspendu dans le ciel depuis Misserghin.

Mon père et moi prenons des photos comme on en voit dans les livres, avec le fort de Santa Cruz au premier plan ou plongeant directement dans la baie, des photos de la Vierge à l'intérieur de la chapelle, du moins de sa réplique puisque l'originale se trouve à Nîmes depuis 1962, et je me demande qui, dans la débandade du départ, a eu la présence d'esprit et surtout la place d'emporter dans ses bagages, à défaut des cercueils de famille, des statues religieuses, moins, encore une fois, parce qu'il était insupportable de s'en séparer que parce qu'il n'était pas question de les laisser aux Arabes.

C'est assez compulsif, car après la grotte, la ferme et le cimetière, nous ne sommes plus en mesure d'accueillir d'autres images. Alors nous réalisons un maximum de clichés sans avoir conscience qu'il s'agit de pouvoir se rappeler un jour que nous sommes venus.

Je pense à toutes ces maisons qu'on perd dans les familles au fil des générations, maisons vendues, divisées, défigurées, détruites, incendiées, je revois défiler sous mes yeux les images de ces hommes et ces femmes contraints de partir en quatrième vitesse sur de gros bateaux surchargés, avec le droit d'emporter de leur vie deux bagages seulement par personne, ceux qui ont jeté par les fenêtres des appartements qu'ils abandonnaient des meubles, des appareils électroménagers, de la vaisselle en porcelaine et tout ce qu'ils ne pouvaient pas prendre avec eux, afin de ne rien laisser aux Algériens qui allaient, alors qu'ils seraient encore au port parqués comme des animaux, s'installer à leur place, dormir dans leur lit et piller leurs armoires. Ceux qui, dans les villages, ont préféré brûler leur maison.

Nous avons donné sa soirée à Amine et dînons juste, mon père et moi, à l'hôtel. Il n'y a personne hormis quelques hommes d'affaires attablés dans un coin, et nous ne sommes pas très à l'aise, tous les deux, déjà peu habitués à être en tête à tête au restaurant, et de toute façon incapables de parler de ce que nous venons de vivre au cours de cette longue journée.

Au fond, je ne sais pas ce que pense mon père, s'il est content d'être là, s'il m'en est reconnaissant, s'il souffre et me le reprochera un jour. La question me brûle les lèvres, mais je n'ose pas la lui poser.

Je voudrais lui raconter ce que je traverse depuis deux ans, mon histoire avec P., ce que j'ai enduré, et la conviction profonde pourtant que ma vie est avec lui, que je ne l'ai pas détruite en choisissant P., tout au contraire, j'aimerais lui raconter P., l'élan, la force qui me porte vers lui, la certitude qu'un jour nous ne serons plus séparés, la certitude que je ne serai plus longtemps cette fille qui attend la fin de la nuit et élève seule son fils entre deux cauchemars, cette fille toujours en quête, toujours assoiffée, avec un chagrin tout au fond qui ne passe pas.

Je n'y arrive pas.

Je change de sujet, je parle de Noël, dans quelques semaines, cette année le petit sera avec moi. La dernière fois ça a été dur sans lui, ça m'a fichu la nausée pendant tout le trajet de retour en train entre Troyes et Paris, et quand je suis arrivée le soir chez moi à Pigalle, dans ce silence accablant du 25 décembre, j'ai été malade comme un chien. J'ai prétendu à ma mère au téléphone que c'était à cause des huîtres.

Je dresse la liste des jouets que j'ai déjà achetés, et mon père me raconte alors que pour lui c'était simple, à Noël, quand il était enfant, il recevait un seul cadeau, toujours le même : une boîte de Meccano.

— Tu sais, ces boîtes de construction, en métal, avec des hélicoptères, des voitures, des motos, des tracteurs qu'il fallait assembler soi-même...

Il m'explique que les boîtes portaient un numéro, et qu'il attendait chaque 25 décembre la boîte suivante. Il avait tant d'impatience et de désir de compléter sa collection qu'il se moquait bien de n'avoir aucun autre jouet et que chaque Noël soit sans surprise, ils passaient les fêtes à Misserghin et ensuite il rangeait soigneusement ses Meccano dans sa chambre à

Oran, tout était classé et à sa place, il ne manquait pas une pièce. Quand ses cousins, trop turbulents, venaient leur rendre visite, il cachait les boîtes en haut de son armoire, dit-il avec un sourire espiègle.

— Ça ne te dérange pas si je fume ?

Mon père hausse les épaules. Son visage s'est assombri d'un coup, il s'est tu, ses yeux cherchent quelque chose dans le vide.

— Tu vois, j'ai un regret, reprend-il. Quand on est partis, je n'ai pas pu les prendre, mes boîtes, les emporter avec nous, et j'ai voulu les laisser à notre petit voisin de palier, rue Condorcet. C'était un Espagnol que j'aimais bien, gentil comme tout. Mais pour ta grand-mère c'était hors de question, tu te rappelles comme elle était, pas à un étranger, ça devait rester dans la famille. Alors elle les a données à mes cousins, toutes mes boîtes, toute ma collection, toutes mes années en Algérie, et en quelques minutes ils ont tout détruit. J'en ai été malade, tu ne peux pas savoir. Il m'a fallu du temps pour...

Sa voix se brise. Elle est là, la douleur de mon père, c'est un jouet cassé pour toujours.

188

Le troisième jour, la lumière méditerranéenne est revenue et éclaire les différentes nuances de bleu des dernières photos.

C'est une journée au programme chargé mais elle reste évanescente, n'est pas très importante. On n'a rien décidé mon père et moi, on n'a plus de désir précis.

D'après les photos que nous avons prises, Amine nous emmène sur la côte pour déjeuner face à la mer, puis on effectue une grande balade sur la plage des Andalouses avec son fils, on traverse des paysages magnifiques, on déguste un premier thé chez les parents d'Amine et un deuxième thé dans une famille oranaise aisée, avec profusion de pâtisseries sur la table, des relations de l'ami de l'ambassadeur qui ont tenu à nous rencontrer, on passe aussi à la rédaction de *L'Écho d'Oran*, on rend visite dans l'après-midi au directeur d'une minoterie.

Le soir, on contemple le coucher du soleil sur les vestiges du fort de Mers el-Kébir, on se balade une dernière fois sur le front de mer et dans le centre-ville. Mon père souhaite repasser par la rue Condorcet, marcher sur le trottoir et traîner dans les rues alentour, près du marché Michelet où on s'enfonce parmi les étals populaires, avec ces femmes âgées qui cachent leur visage quand on tente de les photographier. On dîne dans un très beau restaurant de la ville.

Je ne me souviens de rien.

Pas plus que du départ le lendemain matin, des adieux à Amine qui ne répondra jamais à nos lettres, du vol retour. Comme si toutes les images qui ont succédé à Misserghin s'étaient effacées alors que celles qui ont précédé nos retrouvailles avec la ferme demeurent, pour la plupart, d'une clarté stupéfiante.

Je revois juste les longues files d'attente à l'arrivée à Paris, les contrôles de police interminables pour tous les voyageurs en provenance d'Algérie.

Et plus tard, à l'instant où on se quitte, où on s'embrasse sans trop savoir quoi se dire, où je me dirige déjà vers l'Orlyval, et lui vers sa voiture, mon père qui fouille dans ses poches et me tend fébrilement des billets, quelques dizaines d'euros, tout ce qu'il a sur lui, et se met à pleurer, enfin, et dit merci, merci.

Récemment un dimanche mes parents sont venus déjeuner et passer la journée avec nous à Paris.

Au moment du café, les enfants étaient surexcités, ils ont demandé à P. s'ils pouvaient utiliser son iPad et ils ont alors entrepris d'expliquer à mon père le fonctionnement de Google Earth.

— C'est simple, papy, tu choisis n'importe quel endroit sur Terre, par exemple ta maison à Troyes, le satellite le trouve, et avec tes doigts tu grossis l'image, tu te déplaces, tu fais ce que tu veux. Tu peux même voir ton jardin.

Mon père était stupéfait.

Il regardait les garçons voler au-dessus des toits haussmanniens de notre arrondissement jusqu'aux tuiles rustiques de son petit village aubois. Il était fasciné, n'osait toucher l'écran tactile qui donnait l'impression de pouvoir tenir le monde entre ses mains, mais, encouragé par mon fils aîné, à un moment il s'est lancé. Avec l'index il a tapé sur le clavier une adresse et a commencé maladroitement à naviguer.

Alors il est venu vers moi tout exalté et m'a montré.

— C'est la rue Condorcet, tu reconnais, avec le front de mer au bout, on habitait là, juste à l'angle.

Puis il s'est élevé au-dessus de la ville, a survolé la grande sebkha pour arriver à Misserghin. Du ciel il repérait bien la mairie, au cœur du Village Neuf, mais ne retrouvait plus la ferme perdue parmi les constructions récentes du Vieux Village, et ses doigts moites collaient à l'écran.

Je me suis penchée à mon tour sur l'image. J'ai cherché l'église, et quand je l'ai découverte, j'ai posé l'index sur un petit rectangle blanc situé non loin derrière.

— Elle est là, j'ai dit à mon père. Elle est toujours là.

Le désir et la peur

Ça ne se referme pas.

J'ai pensé qu'avec ce livre j'en avais terminé, pour de bon cette fois, avec l'Algérie. Vraiment. Je l'avais déjà cru en 2005, quand nous avons réalisé ce voyage à Oran, mon père et moi, et renoué après plus de quarante ans avec le pays de nos origines. Nous sommes rentrés secoués, plus que nous ne l'avons laissé paraître, et plus que nous ne l'avons admis sans doute. L'éblouissement et la stupeur que nous avions éprouvés là-bas nous ont quasiment paralysés et rendus muets. Un vertige impossible à partager. Mon père a développé les photos que ma mère a classées dans un album. Il a envoyé des doubles à notre chauffeur et guide, Amine B., ainsi qu'à toutes les personnes que nous avions rencontrées sur place et qui nous ont si incroyablement accueillis quand nous avons débarqué sans prévenir d'un passé mal englouti, comme surgissant des cales d'un bateau jamais parti. Je l'ai écrit dans le livre, Amine n'a jamais accusé réception, pas plus que le gentil couple apeuré qui occupait l'ancien appartement de mes grands-parents rue Condorcet, et que nous avons réveillé de sa sieste pour un thé à la menthe improvisé. Aucun contact n'a été maintenu non plus avec les amis de l'ambassadeur qui se sont occupés de nous et nous ont même invités chez eux au cours de ce troisième jour qui occupe si peu de place dans mon livre car son souvenir, pour moi du moins, a été largement enseveli sous le choc de Misserghin. Les seuls qui ont répondu à mon père, ce sont justement les habitants de la petite ferme, ceux qui sans doute savaient à peine lire et écrire, encore moins en français, ayant probablement subi le programme d'arabisation autoritaire instauré par Boumediene à partir de 1965. C'est donc le très vieux monsieur au chèche et à l'œuf qui, au nom de tous les autres, et de sa plume décidée, de sa belle écriture, a adressé à mon père une lettre dont il m'a donné une copie que je reproduis ici :

« Misserghin, le 18 octobre 2005,
Salut très cher Ami PAUL
Je prends mon stylo pour vous écrire cette lettre sur deux aspects, le premier au nom de la famille M.D., je réponds à votre spirituelle lettre riche dans son contenu avec ses gentils mots, oui des mots qui touchent directement au cœur, et le deuxième aspect les compliments faits à notre égard lors de votre visite éclair chez nous à Misserghin en ce qui concerne l'accueil qui vous a été réservé chez nous, nous on considère qu'un membre de la famille nous a rendu visite, car la famille Montoya ils sont pas étrangers à la famille M.D. [Long passage sur « *les délégations de pèlerins, des gens natifs de Misserghin* », qui reviennent au village depuis 2003, accueillis en grande pompe par la municipalité.] *Plus rien d'autre à ajouter, que Dieu puisse nous réunir dans une journée agréable autour d'une table familiale. Au revoir. Nous avons votre adresse et vous avez notre adresse, on gardera toujours le contact pour des correspondances. La famille M.D., Vieux Village, Misserghin. »*

La lettre originale est sans aucune ponctuation. J'ai ajouté des virgules et quelques points pour faciliter la lecture. Je ne sais pas quels mots mon père leur avait adressés et j'ignore quelle émotion il a ressentie quand il a reçu les leurs. Je ne crois pas que, depuis, il y ait eu d'autres échanges entre eux, mais peu importait, le lien était renoué, les choses dites. Nous connaissions désormais l'existence les uns des autres, nous n'étions plus, nous pour eux, ni eux pour nous, un fantasme mais une présence réelle, lointaine que, pour ma part, je trouvais, et trouve toujours, fortement rassurante. Dans ma famille, on a dû poser deux ou trois questions à mon père, « alors c'est dans quel état, pas trop délabré ? ». Guère plus. Et puis cette affirmation, comme une sentence, que j'ai beaucoup entendue après la parution du livre, lors de rencontres avec les lecteurs : « Moi je ne veux pas revoir, ça me ferait trop mal, je préfère garder mes souvenirs. » Je reviendrai là-dessus, sur les aspirations contradictoires, qui ne sont pas propres aux pieds-noirs ni aux exilés en général mais prennent chez eux, souvent, les accents d'une autopunition. Je reviendrai sur le désir et la peur.

On a rangé les albums. Et, de l'Algérie, de ce voyage à Oran, à Misserghin, de ces trois jours, mon père et moi on n'a plus beaucoup, plus vraiment, reparlé.

J'ai écrit et publié d'autres livres. Avec P., nous avons eu un fils et acheté une vieille maison à retaper à la campagne. On y a passé quelques longs week-ends et plusieurs vacances avec les enfants et de nombreux amis. Le 28 décembre 2011, la maison a été ravagée par un incendie à cause d'un court-circuit. Nous étions là, mais c'était pendant la journée et nous étions sortis une heure avant faire des courses. Si l'incendie s'était déclaré la nuit alors que nous dormions, nous serions morts ; les enfants sans aucun doute car le tableau électrique qui a pris feu était situé juste sous leur chambre, entière-ment détruite ; nous, peut-être pas, ce qui est pire.

Quelque temps plus tard j'ai commencé à écrire un nouveau texte, à moitié romancé, qui démarrait avec cette histoire d'incendie, de maison brûlée. J'avais du mal, les mots sortaient au compte-gouttes et je les trouvais trop étroits chaque fois, trop limités, les personnages n'étaient pas crédibles. C'était peut-être trop proche de moi encore, de nous, je n'avais pas la bonne distance, mes mots sentaient le feu. C'est une odeur qui persiste longtemps, le feu, et certains la supportent mal. Moi-même, je ne la supportais pas et, pour la première fois, j'éprouvais une vraie résistance à la fiction. J'ai insisté, pourtant. Péniblement, à la fin de l'été 2012 j'ai rendu à mon éditeur un texte hybride, composé de trois parties. Contrairement à son habitude, Jean-Marc ne m'a pas appelée dans les heures qui ont suivi. Il était déjà très malade mais ce n'était pas la raison. Quand le téléphone a sonné le lendemain, il m'a dit très simplement : « Tes trois parties, ça ne marche pas. L'incendie, on s'en fout. Je vais te dire une chose, ton texte, ce que tu veux vraiment écrire, ça commence à la troisième partie, page 91. Et tu n'oses pas, alors tu te caches, tout le reste c'est du décor, ça ne sert à rien. Il va falloir un jour que tu l'affrontes. Tu as le droit. Tu as tous les droits. Vas-y, page 91. Je t'attends. On a tout notre temps. »

Ce qui commençait page 91, c'était l'Algérie. L'histoire de mes grands-parents, de mon père, de mes origines pieds-noires, mon rapport à ça, l'incompréhension et la douleur enfouies, le besoin de savoir, la question de ma légitimité à prendre la parole sur ce sujet. Mais ce dernier point, Jean-Marc venait de le balayer en une phrase, et là où ma grand-mère m'avait toujours intimé de me taire, il me donnait, lui, enfin, l'autorisation de parler, d'écrire. J'ai réfléchi à comment raconter ce vaste ensemble, ces époques, ces gens, ces lieux, ces personnes que j'avais moi-même été, si opposées parfois, à différents âges, et c'est alors que j'ai repensé au voyage à Oran avec mon père en septembre 2005. J'ai compris qu'il allait me servir de fil rouge. Après le vrai voyage et ses albums photos qui circonscrivent les souvenirs, sept ans plus tard l'épreuve des mots et le recadrage de la mémoire. Le vrai voyage était une expérience intime, familiale, qui au fond ne regardait que mon père et moi ; le texte que j'allais écrire, qui pour la première fois ne serait pas un roman, et que j'assumerais à la première personne, je ne savais pas.

J'ai rendu une nouvelle version du manuscrit à Jean-Marc début décembre 2012. C'était, enveloppé de justifications comme « J'ai toujours su qu'un jour il faudrait aller en Algérie », le récit du retour de mon père, né à Oran, à l'appartement de la rue

Condorcet, à la ferme de Misserghin. Il y avait Amine, le très vieux monsieur au chèche et à l'œuf et tous les autres « personnages ». J'étais pour ma part très en retrait, je ne faisais que tenir la caméra, comme sur les photos où je ne figurais presque jamais, c'était mon père qui occupait la première place. C'était lui qui « revenait ». Encore une fois, la question de la légitimité, de la pudeur. Du désir et de la peur. « Le texte est là, m'a dit Jean-Marc. C'est émouvant, c'est prenant, on y croit tout de suite. Mais je ne sais pas où tu es, toi qui racontes l'histoire, je ne te vois pas, je ne sais pas qui tu es. Et j'ai envie de te voir, de savoir pourquoi tu fais ce voyage, à ce moment de ta vie. Ce n'était certainement pas par hasard. Que vivais-tu alors, qu'est-ce qui t'a obligée à partir sur la terre de tes ancêtres ? Réfléchis à ça. Une dernière chose : commence directement à l'aéroport, vont-ils rater l'avion, le père planqué derrière un pilier, on comprend tout de suite les enjeux, la tension du texte. Pas besoin de préliminaires. » Jean-Marc était un homme pressé. C'était aussi un instinctif, un sorcier, puisque au moment où j'ai décidé de faire ce voyage à Oran avec

200

mon père, j'étais déchirée entre deux hommes, entre deux chemins de vie radicalement opposés, et j'hésitais encore sur celui que j'allais prendre. Mais ça, Jean-Marc *a priori* n'en savait rien. Il avait juste senti qu'il devait y avoir une connexion, ainsi qu'une fêlure quelque part, et les livres souvent, en tout cas ceux qu'il aimait, prennent leur source dans une fêlure. Comme les voyages en Algérie.

Voilà pourquoi j'ai mis en scène mon histoire d'amour avec P., qui a tant plu à Jean-Marc dans la dernière version du manuscrit que je lui ai remise à la mi-janvier 2013 et qu'il a acceptée. « Tu l'as fait. Je suis tellement content. » Ce parallèle entre le voyage vers l'autre rive et celui vers l'autre homme a divisé les lecteurs. « *Si je peux me permettre, ce contrepoint en fil rouge sur votre passion amoureuse semble hors de propos, mais peut-être faut-il y voir pour vous un semblable effort d'exorcisme ?* » écrit Lucette P., de Versailles, née en Algérie aux Trois-Marabouts, village du bled d'Aïn Témouchent, dans le post-scriptum à la longue lettre qu'elle m'adresse le 18 janvier 2014 et qui se termine par ces mots : « *Vous nous avez rendu un énorme service. C'est bien. Vous avez toute ma sympathie reconnaissante.* » En revanche, Gérard C., lui, métropolitain appelé à Arzew en 1948 dans le 41ᵉ régiment d'artillerie, m'avoue dans le courrier de six pages qu'il m'envoie le 7 février 2014 et où, comme il dit, il laisse filer sa plume au fil de sa mémoire, « *j'ai apprécié votre façon de lier votre vie sentimentale aux différents souvenirs qui émergent à l'occasion de ce voyage. Il fut bien un rendez-vous avec vous-même* ». Pour ne citer que ces deux-là, et je demande pardon à l'avance à tous les autres. Jamais je n'aurais pu deviner le nombre de lettres que j'ai reçues, les réactions émues, enthousiastes, hostiles ou carrément violentes que ce livre a suscitées. À sa parution, le 3 janvier 2014, j'étais évidemment très heureuse de l'avoir écrit, d'avoir réussi à l'écrire, même si j'étais persuadée que ce texte, intime, centré sur mon petit drame personnel, n'intéresserait pas grand monde. C'était juste mon histoire, mon histoire algérienne, celle d'une fille, petite-fille, arrière-petite-fille de pieds-noirs, à un tournant clé de sa vie, dans l'arrachement et la confusion. Je ne prétendais absolument pas à une vérité universelle, et encore moins être la porte-parole de qui que ce soit. Mais l'impact du livre m'a démontré le contraire, au-delà de tout ce que j'aurais pu imaginer. Jean-Marc, sans doute, l'avait pressenti, et ce mélange de reconnaissance et d'indignation qu'a provoqué *Trois jours à Oran* l'aurait beaucoup excité. Mais quand le livre est sorti, à la date qu'il avait lui-même choisie, « Janvier 2014 c'est bien, je pourrai beaucoup mieux te défendre », Jean-Marc était mort depuis un peu plus de neuf mois.

Des réactions, donc. Par dizaines.

Je ne peux pas, dans cette postface, insérer des extraits de toutes les lettres qui sont arrivées à mon attention aux bons soins des éditions Stock, et auxquelles j'ai tenu à répondre chaque fois. Elles m'ont touchée, sidérée. Embarrassée. Je les faisais lire à P. « *C'est en oranien et en Oranais que je vous adresse ce courrier* » (Daniel D., 21 mai 2014) ; « *Madame, votre livre m'a replongée dans le pèlerinage que nous avons effectué à Oran et Aïn Témouchent un an après vous* » (Marie-Charles R., 28 février 2014) ; « *Je suis tombé en arrêt devant votre livre, le titre m'a scotché, dès que je vois écrit ORAN quelque part l'émotion arrive, à un tel point que je dois sortir les mouchoirs* » (Bernard B.-M., 18 mars 2014), etc., etc. J'ai vite compris qu'un certain public, très ciblé, se sentait immédiatement, viscéralement, concerné par mon livre, un public pied-noir, ceux qui dans les Salons du livre m'ont tout le temps abordée par cette même phrase : « Moi aussi je suis de là-bas », comme un signe de reconnaissance. Je ne l'avais pas voulu mais ce qui s'opérait à travers mon livre, c'était un transfert. Les gens l'achetaient pour y lire, non pas mon histoire, mais la leur, avec ce paradoxe trouble de désir et de peur qui se révèle souvent si douloureux. Parfois, ça marchait : « *Madame, merci, merci d'avoir exprimé "notre" histoire. C'est émouvant et troublant, au fil des pages, de se retrouver avec autant de justesse dans votre histoire. En séchant mes larmes, j'ai savouré chaque situation, ressenti peur et retrouvailles que vous avez si magnifiquement exprimées. Votre histoire, c'est mon histoire, vous devinerez aussi mon trouble et mon émotion* » (Marie-Christine D., née à Mascara, 5ᵉ génération de pieds-noirs, aïeux espagnols). Bien sûr, ce n'est pas tout à fait vrai. Mon histoire ne peut pas être celle de quelqu'un d'autre, d'autant que moi, je ne suis pas « née là-bas », et c'est bien au fond le sujet de cette quête : l'héritage de l'exil, de l'arrachement, du chagrin enfoui, avec à la fois l'orgueil et le malaise vis-à-vis de ces origines-là, comme l'a si bien perçu Annie T., née dans le Constantinois, d'origine maltaise et italienne, suisse, allemande et française qui m'écrit le 15 février 2014 : « *Merci d'avoir si bien rendu toute cette palette de sentiments, tristesse, joie, peine, honte, mais aussi fierté et dignité ; sentiments qui ont été et sont encore le lot de beaucoup de "pieds-noirs". "Pied-noir", cette insulte dont nous avons su faire notre porte-drapeau. Merci… Je vais faire lire votre livre aux jeunes de ma famille qui, tout comme vous, cherchent à comprendre.* »

Et parfois ça n'a pas marché. Ceux qui pensaient, espéraient trouver dans ce livre une revendication quelconque, ont été violemment déçus. Ils se sont, pour la plupart d'entre eux, souvent anonymement, déchaînés sur internet : « *Sous des apparences doucereuses, un livre de plus dans le genre très tendance qui consiste à dénigrer, voire à insulter les Français d'Algérie […]. Il n'est pas étonnant que ce séjour à Oran ne suscite chez l'auteur aucune évocation du 5 juillet 1962 ni aucune compassion à l'égard des sept cents à huit cents de nos compatriotes, enle-*

vés et massacrés en quelques heures au cours de cette nouvelle Saint-Barthélemy. On est allé rarement aussi loin dans la méchanceté gratuite comme dans le déni historique », commente sur un site de ventes de livres en ligne un monsieur qui se prétend agrégé d'histoire, professeur de chaire supérieure, à quoi s'ajoutent d'autres remarques du même tonneau à propos de mon livre, ce « *torchon d'ouvrage* ». Je me souviens aussi d'un petit homme, membre d'une association de pieds-noirs de la région, qui est venu droit vers moi dans une librairie de Nîmes où je signais mes livres et m'a lancé, des trémolos dans la voix, alors que terriblement gênée je soutenais une dame qui venait de s'effondrer en larmes dans mes bras tant elle avait « adoré » *Trois jours à Oran* : « Moi, je ne l'ai pas aimé, votre livre ; la prochaine fois, au lieu d'écrire des conneries, venez nous voir avant, vous n'êtes pas née là-bas, vous n'y connaissez rien. » J'en passe, et des pires. Quelqu'un aussi m'a souhaité de souffrir autant qu'ont souffert les Français d'Algérie.

Je ne suis pas historienne. Je n'ai pas évoqué les massacres du 5 juillet 1962 à Oran, c'est vrai. Je n'ai pas parlé non plus de ceux de Sétif, Guelma et Kherrata en mai 1945 qui firent des milliers de morts parmi la population civile indigène, car ce que j'ai prétendu dans ce texte, c'est raconter l'histoire de *ma* famille en Algérie. Ma famille n'était ni à Sétif ni à Guelma ni à Kherrata en mai 1945, et le 5 juillet 1962 elle n'était plus à Oran, ça faisait déjà plus d'un an qu'elle avait pris le chemin de l'exil dans la douleur et l'effroi. Encore une fois, j'ai résolument placé mon texte du côté de ma petite musique à moi, de mes morts à moi, et s'il a fait écho à celle de beaucoup d'autres, tant mieux mais je n'y peux rien, c'est bien qu'il se situe sur un terrain plus universel peut-être que l'histoire, la littérature. Il ne s'agit pas d'un essai, encore moins d'un réquisitoire ou d'une plaidoirie. C'est davantage une confession, une mise à nu de mes sentiments divergents, sur le registre de l'autobiographie que j'expérimentais ici pour la première fois, pour les raisons que j'ai expliquées, et qui m'ont imposé malgré moi ce genre littéraire. C'est mon huitième livre publié et il n'est pas à part sur le chemin d'écriture exigeant que j'ai pris il y a maintenant seize ans, il est là parce qu'il fallait que j'écrive ce texte, qui grondait en moi comme une rivière souterraine, ce que Jean-Marc avait bien perçu. Ce livre n'a donc pas pour vocation de répertorier la liste des barbaries perpétrées, de part et d'autre, dans l'un ou l'autre camp depuis 1830. De camp, d'ailleurs, je n'en ai pas, sauf celui de l'écriture. Si certains commentaires, outrés et agressifs, ne m'ont pas étonnée car venant de personnes qui ont reproché au livre de ne pas être celui qu'elles croyaient, d'autres en revanche m'ont complètement stupéfiée, qui ont cru lire dans mon texte des accents de nostalgie plaintive, un voyage dans le passé, un plaidoyer pro-Algérie française. Mais après tout, ce qu'on lit dans un texte, c'est ce qu'on y projette, pas forcément ce qui est écrit dedans.

Et les raisons qui font qu'on aime ou qu'on déteste un livre naissent souvent d'un malentendu. Comme la haine, ou l'amour.

J'ai de plus en plus de mal à vivre sous le même toit que P., malgré ou à cause de la passion que nous avons eue l'un pour l'autre. Nous nous ressemblons trop et avons échoué à l'épreuve du feu. Je porte en moi l'exil, sans doute m'est-il impossible de m'enraciner longtemps quelque part. Je porte en moi des maisons, des fermes aimées et perdues. Nous n'avons jamais pu remettre les pieds dans la maison brûlée. Nous avons décidé de la vendre, personne n'en veut, nous baissons sans arrêt le prix avec l'impression de brader une part de notre histoire, et pas n'importe laquelle, celle du rêve et de la fantaisie. La part d'héritage aussi, car cette maison, c'est en écrivant ce qui allait devenir *Trois jours à Oran* que je m'en suis rendu compte, c'était une ferme. Et alors que beaucoup de critiques littéraires voient aussi mon livre comme un parcours initiatique vers un homme et une déclaration d'amour à celui-ci, que l'on m'interroge sur cette brûlure qui me dévorait quand je suis partie en Algérie en 2005, finalement apaisée dans l'épilogue, je sens à nouveau la terre tanguer. La peur l'emporte sur le désir. La peur de ne plus être à la hauteur de notre histoire, de l'amour que nous avons eu l'un pour l'autre, la peur de n'être plus à la hauteur de notre désir. D'avoir perdu la capacité à bâtir une maison. Sommes-nous en train de nous perdre ?

« *C'est un roman de la brièveté : celle des clichés photographiques rouverts de l'album familial du souvenir ; du séjour à Oran qui ne dure que trois jours ; des lieux visités, la maison familiale à Oran, celle où a vécu le père, et la ferme des origines, celle de l'aïeule à Misserghin ; brièveté aussi des réminiscences mémorielles signalées par de courts passages en italique dans le texte ; brièveté enfin des instants de cette passion amoureuse que vit l'auteure narratrice avec un amant pour lequel elle a quitté l'apparente stabilité d'une relation maritale durable. Cette forme brève n'est pas pour autant télégraphique, expéditive. Elle recèle, dans son corps syntaxique réduit à ses origines immédiates, une sensibilité explosive, à fleur de mots qui, s'ils n'étaient pas comprimés, auraient été incandescents. Pourtant, la quête du ressourcement, des traces originelles, des racines, de l'identité, incline non pas à l'économie des mots, mais à leur abondance, leur profusion en expansions syntaxiques. Or, et c'est là tout le paradoxe : Anne Plantagenet cherche dans l'instantané des bris de mots, un relief éternel de l'origine.* »

Ces lignes sont extraites d'une note de lecture de six pages que je reçois deux mois après la sortie de *Trois jours à Oran*. Elles me touchent profondément car l'auteur, dans une langue somptueuse, fouillée, plonge très loin dans l'analyse du texte, explorant les différentes strates qui le composent, ses trois itinéraires (chronologie, réminiscences, vie intime) sans jugement ni pathos, n'essayant pas de lui faire dire ce qu'il ne dit pas, le prenant au fond pour ce qu'il est, un projet littéraire autour d'une quête identitaire. L'auteur s'appelle Rachid Mokhtari. C'est un écrivain et journaliste algérien, qui vit à Alger. La note de lecture est accompagnée d'une invitation officielle au Festival de littérature et du livre de jeunesse (FELIV) qui se tiendra au mois de juin à Alger. Neuf ans après le voyage à Oran avec mon père, je retourne là-bas. L'Algérie, ce pays où je pars quand je ne sais plus, dans ma vie, où je vais ?

Le 17 juin 2014, je suis au terminal sud d'Orly, au comptoir d'Air Algérie, entourée de dizaines d'Algériens de tous bords qui voyagent pour la plupart en famille avec des tas de sacs bizarrement empaquetés. J'ai l'impression de revenir au début de mon livre, je ne sais plus d'ailleurs si mes souvenirs du premier voyage ne se confondent pas complètement avec les images que j'en ai tirées, déformées par ma vérité littéraire. Peu importe, ils sont désormais mes seuls souvenirs. Cette fois, je pars seule et invitée en tant qu'écrivain. Je pars grâce à mon livre, ce livre comme un pont qui aura mis des années à se tendre entre ces deux rives de la Méditerranée. Plusieurs rencontres sont prévues, dont une avec une classe de collégiens qui ont étudié mon texte. C'est tellement fou que même Jean-Marc ne l'aurait pas cru. Je pense à lui, beaucoup. Je pense à tout ce qui s'est passé depuis la sortie du livre, aux merveilleuses rencontres avec tous ces gens qui m'ont confié leur vie et, d'une façon ou d'une autre, pieds-noirs ou gris, ou rouges, appelés, enfants de, petits-enfants de, compagnons de, voyageurs curieux, ont aimé ce pays, l'Algérie, à la folie. Je pense à cette réalisatrice bouleversante qui voudrait adapter le livre au cinéma car il est une part d'elle-même, « Quand je vous ai lue, j'ai su qu'enfin je n'étais plus seule », m'a-t-elle dit le jour où nous avons fait connaissance. Il y a eu aussi la lecture un soir au Théâtre de Rouen des cinquante premières pages du livre par une comédienne, l'étrangeté, l'inconfort soudain d'entendre mes mots dans la bouche d'une autre, d'assister à leur éloignement, à ma dépossession, ces mots ne m'appartenaient plus, je le comprenais, chacun en effet avait le droit de les lire et de les entendre comme il le voulait. J'aurais voulu glisser sous mon siège.

Dans la salle d'embarquement, je me sens chez moi, étrangement rassurée. J'envoie un SMS à ma meilleure amie. « *Que d'émotion, de résonance et de joie. L'Algérie n'est-elle pas le pays où je vais quand je me "sépare" ?* » Car ce n'est pas P. que je quitte, c'est la femme que je ne suis plus.

« *Chère Madame, permettez-moi de me présenter. Je me nomme Denise B. et je suis âgée de soixante-dix-neuf ans. Née à Oran, je suis rentrée en métropole en 1961, avec mon mari et mes deux premiers enfants, alors âgés de quatre ans et d'un an. Nous nous sommes installés en Bourgogne et nous avons eu depuis deux filles. Nous ne sommes jamais retournés en Algérie. J'ai perdu mon mari l'été dernier, et mon fils aîné, qui rêve depuis longtemps de revoir les lieux où il est né, et où il a passé ses quatre premières années, m'a*

proposé de l'accompagner dans ce voyage.
C'est la lecture de votre livre, qu'il a lu, et
dont il m'a offert un exemplaire, qui m'a déci-
dée à accepter de faire avec lui ce "retour aux
racines". Nous partirons donc au mois
d'août, à deux, pour un voyage de quatre
jours à Oran. Je suis très émue et très heu-
reuse aussi, mais un peu angoissée […]. »
Cette lettre m'attend à mon retour d'Alger.
Le livre est un lien, le livre crée du lien, non
pas entre les lecteurs et moi comme j'aurais
pu être tentée de le croire, mais entre les
lecteurs et l'Algérie. C'est ce pays qu'ils cherchent à atteindre à travers moi, leur jeunesse, leur chagrin, leurs joies, à travers ce
besoin qu'ils ont de me dire qu'ils ont lu
mon livre et de me raconter leur propre
roman algérien, de m'envoyer des photos,
des articles de journaux (tel Francis P.,
soixante-seize ans, ancien instituteur dans
le bled de 1959 à 1971 qui joint à son courrier des photocopies de documents sur
l'enseignement en Algérie française) qui
n'ont pas forcément grand-chose, et parfois
même rien, à voir avec mon livre, mais peu
importe, ils n'osent l'aborder frontalement
ce pays, malgré l'envie folle qu'ils ont de le
faire. Ils se retiennent, ils se censurent, ils

se séquestrent. Le désir et la peur. Ils ont mal. « *Madame, je vous remercie pour ces* Trois jours à Oran. *Je vous remercie et je vous en veux un peu parce que vous avez arraché cette croûte si fragile que j'ai protégée pendant tant d'années, cette croûte qui empêchait la blessure, que nous portons tous, de se rouvrir. C'est fait, la blessure est ouverte. Elle suinte comme au premier jour.* Trois jours à Oran, *c'est un tsunami d'images, d'émotions, d'angoisse, de tristesse, et aussi un soulagement comme un urticaire qu'on gratte et qu'on regratte au sang* » (Charles C., juif autochtone par son père arabophone et judéo-espagnol par sa mère hispanophone, 15 avril 2014). C'est plus fort que nous. L'Algérie, je l'ai écrit au début de cette postface, ça ne se referme pas. La lettre de Denise B. me bouleverse. Le livre crée aussi du passage à l'acte. Dois-je en porter la responsabilité ? On ne retourne pas en Algérie, on y va, dans le temps présent. Je réponds à Denise B., je tente de la rassurer, de lui dire que si elle est prête à voir l'Algérie d'aujourd'hui, si elle est prête à se « séparer », alors elle va faire un beau voyage.

Les collégiens du lycée Kateb Yacine d'Alger se lèvent tour à tour puis viennent devant l'estrade, avec un micro, me poser une question, faire un commentaire sur mon livre. Ils ont quatorze ans, l'âge de mon fils aîné, que j'ai surpris un soir dans son lit en train de lire à la lueur d'une lampe de poche *Trois jours à Oran*. Leurs parents sont dans la salle et composent l'essentiel du public. « Ce n'est pas mon histoire mais j'ai beaucoup aimé, j'ai été émue, je me demande pourquoi les Français sont partis, si on n'aurait pas pu vivre tous ensemble, continuer à vivre tous ensemble », dit une jeune fille qui s'appelle Melissa. « Vous pensez que votre voyage aurait été différent si vous l'aviez fait du vivant de votre grand-mère ? », me demande un garçon nommé Samy, l'œil malicieux. « Pourquoi après vous n'êtes pas revenue auprès de votre mari ? », ajoute-t-il. C'est l'histoire d'amour qui les intéresse avant tout. Ils sont jeunes et beaux, ils sont les enfants d'une guerre plus proche et toujours douloureuse, le reste est de l'histoire ancienne. Ils ont des téléphones portables, insistent pour qu'on fasse des photos. « Il faut revenir, madame. » La directrice du collège est

216

d'une autre génération. Elle prend la parole à la fin : « Mon père est mort pendant la guerre de libération. J'avais deux ans. Et je suis là, aujourd'hui, avec deux filles de pieds-noirs [mon amie Brigitte Benkemoun et moi]. Il faut oublier. » Et cette mère d'élève, avec trois enfants, un bébé dans les bras, qui me glisse à l'oreille : « Vous avez de la chance, nous ici quand on est mariée c'est pour la vie. » Je marche libre dans les rues d'Alger. Je pense à P. Ne pas céder au confort, à la peur.

« Et votre père ? Il n'a pas envie de voyager ailleurs en Algérie ? » C'est un des collégiens qui m'a posé la question, et je la pose à mon tour à mon père en rentrant. « Alger, c'est magnifique. Ça ne te dirait pas, la prochaine fois ? » Il hoche la tête, sourit. Il a très envie de repartir là-bas, il y pense beaucoup, à l'approche de ses soixante-dix ans. Encore une fois, une dernière fois. « Mais les Algérois, tu sais, ils sont un peu... », avec un sourire. La vieille rivalité. Lui, sa ville, c'est Oran, c'est là qu'il irait bien, à nouveau. Oran, rien qu'Oran, toujours Oran, avec ma mère.

Mon père, tel qu'il apparaît dans le livre, tel que je l'ai décrit, a beaucoup ému, beaucoup plu. Beaucoup de gens m'ont avoué avoir pleuré au moment des Meccano perdus. Cet « aspect » du texte, la relation entre ce père et sa fille, ce père taiseux, pudique, qui se transforme soudain, se libère, une fois revenu sur son sol natal, a fait l'unanimité. Pas de polémique sur ce point. Là aussi une projection s'est souvent opérée. Une projection par le vide, l'absence. *« Je me suis surprise à avoir tellement envie d'être à ta place, être celle qui faisait ce voyage bouleversant avec un père avec lequel j'aurais pu passer trois jours en tête à tête – ce qui ne m'arrivera jamais »*, m'a écrit une amie, Laurence T., le 12 décembre 2013, une des premières à avoir lu le livre avant sa parution et à m'avoir beaucoup soutenue, rassurée. *« Le cadeau que tu te fais, tu le fais bien sûr principalement à ton père. Pour qu'avant de quitter cette terre il relie les deux rives de son histoire. Et ce faisant, il te permet d'être entière. Tu rencontres cet homme durant ces trois jours. Tu rencontres un homme qui parle. Un homme sans ombre. J'ai trouvé cela bouleversant. Organisatrice mais spectatrice presque silencieuse de ce retour à la terre d'enfance de ton père, tu éclaires ta propre vie. Nous, lecteurs, nous nous en voulons alors de ne pas avoir eu l'audace de ce même voyage. Ou d'un autre, moins loin peut-être, qui nous aurait permis de rencontrer l'homme que nous avons, chacun d'entre nous, le plus admiré »* (Stéphane B., 18 janvier 2014).

Bien sûr, on m'a énormément demandé si mon père avait lu le livre et comment il avait réagi. Je ne lui avais pas soumis le manuscrit avant sa publication, je ne lui avais même pas vraiment dit sur quoi j'écrivais. Je lui ai donné un exemplaire du livre imprimé, quelques jours avant sa date de mise en vente. Il a mis du temps à le lire. Je savais que ce ne serait pas évident pour lui, mais je connais aussi sa générosité, son intelligence et son humilité pour accepter d'autres visions que la sienne. Je savais qu'il prendrait le texte dans son ensemble, sans rien jeter. Avec les deux mots qui ont soulevé tant de colère, les deux mots qui ont offensé, révolté ceux qui les ont pris pour des insultes à leur encontre : *honte* et *racisme*. « Comment pouvez-vous dire que vous avez eu honte d'être fille de pieds-noirs ? Moi je suis fière, madame, fière !

Je n'aimerais pas que mes petits-enfants soient comme vous », hurlait cette dame à Alès devant le libraire épouvanté qui se liquéfiait à côté de moi. « Je suis scandalisée de vous entendre dire que votre grand-mère était raciste », a murmuré cette vieille dame très endimanchée, derrière moi, à Arcachon, après un débat littéraire, assez bas toutefois pour que personne d'autre que moi l'entende. Une vieille dame qui n'avait évidemment pas connu Antoinette Montoya mais se sentait personnellement visée. J'avais dit aussi que j'adorais ma grand-mère et qu'elle me manquait tous les jours, que je rêvais encore d'elle très souvent. Mais ça, ni la dame d'Arcachon ni celle d'Alès ne semblait l'avoir entendu.

Mon père a lu mon livre dans son coin, sans me le dire, et le 14 janvier 2014, surmontant sa peur, n'écoutant que son désir, il m'a envoyé une lettre à laquelle je ne m'attendais pas, la toute première du dossier « courrier des lecteurs », de sa belle écriture que j'ai toujours admirée. Une lettre à son image, pleine de pudeur et d'émotion. Il m'écrivait pour me dire merci et pour s'excuser aussi : « *J'ai vécu tout cela en le partageant, mal, peut-être, avec toi.*

Aujourd'hui, je constate combien le récit et les descriptions sont justes. Depuis, l'envie de retourner là-bas m'obsède l'esprit. » Il me signalait aussi une petite erreur géographique que d'autres lecteurs ont relevée également, une confusion que j'avais faite entre le Murdjadjo et la montagne des Lions, et que j'ai demandé à corriger pour l'édition de poche, comme j'ai voulu qu'on ajoute un e au prénom de notre chauffeur et guide Amine. Mon père avait raison, il avait mal partagé ses émotions. Il a bien fait, c'est ce qui m'a permis d'écrire le livre.

L'été a marqué la fin de la promotion. Il était temps peut-être de passer à autre chose, d'aller creuser ailleurs, sans Jean-Marc. Avec Jean-Marc. En août, nous sommes partis quelques jours en vacances, P., les garçons et moi. Le 1er septembre 2014, mon père a eu soixante-dix ans. Je ne lui ai pas offert de voyage en Algérie cette fois, mais sur une idée de ma mère, j'ai trouvé sur internet, d'occasion, une boîte de Meccano d'époque, la boîte n° 3, presque complète, avec sa notice de montage. Nous étions tous autour de lui, ma mère, mon frère, les enfants, P. et moi, réunis pour la journée. À son habitude, mon père n'a rien montré, n'a dit que quelques mots, « Je vais retourner en enfance ». La question du retour, toujours. Mais je crois qu'il était content.

Quelques jours plus tard, chez moi à Paris, j'ai reçu une carte postale d'Oran, une vue de la baie, du port, avec la basilique de Santa-Cruz au premier plan, le ciel bleu. « *Chère Madame, notre séjour à Oran a été trop court. Merci d'avoir contribué à m'y décider. Beaucoup de souvenirs presque oubliés jusque-là. Beaucoup d'émotion aussi. Mais combien de belles rencontres ! Recevez mes très sincères amitiés. Denise B. Amicalement, Pierre-Jean B.* »

Merci à vous. Tous.

Paris, 18 septembre 2014.
Anne